La Belle Et La Bête

Charles Perrault

LA BELLE ET LA BÊTE.

Il y avait une fois un marchand qui était extrêmement riche. Il avait six enfants, trois garçons et trois filles; et comme ce marchand était un homme d'esprit, il n'épargna rien pour l'éducation de ses enfants, et leur donna toutes sortes de maîtres. Ses filles étaient trèsbelles; mais la cadette surtout se faisait admirer, et on ne l'appelait, quand elle était petite, que la belle enfant; en sorte que le nom lui en resta: ce qui donna beaucoup de jalousie à ses soeurs. Cette cadette, qui était plus belle que ses soeurs, était aussi meilleure qu'elles. Les deux aînées avaient beaucoup d'orgueil, parce qu'elles étaient riches; elles faisaient les dames, et ne voulaient pas recevoir les visites des autres filles de marchands; il leur fallait des gens de qualité pour leur compagnie. Elles allaient tous les jours au bal, à la comédie, à la promenade, et se moquaient de leur cadette, qui employait la plus grande partie de son temps à lire de bons livres. Comme on savait que ces filles étaient fort riches, plusieurs gros marchands les demandèrent en mariage; mais les deux aînées répondirent qu'elles ne se marieraient jamais, à moins qu'elles ne trouvassent un duc, ou tout au moins un comte. La Belle (car je vous ai dit que c'était le nom de la plus jeune), la Belle, disje, remercia bien honnêtement ceux qui voulaient l'épouser; mais elle leur dit qu'elle était trop jeune, et qu'elle souhaitait de tenir compagnie à son père pendant quelques années. Tout d'un coup, le marchand perdit son bien, et il ne lui resta qu'une petite maison de campagne, bien loin de la ville. Il dit en pleurant à ses enfants qu'il fallait aller demeurer dans cette maison, et qu'en travaillant comme des paysans, ils y pourraient vivre. Ses deux filles aînées répondirent qu'elles ne voulaient pas quitter la ville, et qu'elles avaient plusieurs amants, qui seraient trop heureux de les épouser, quoiqu'elles n'eussent plus de fortune. Les bonnes demoiselles se trompaient; leurs amants ne voulurent plus les regarder quand elles furent pauvres. Comme personne ne les aimait, à cause de leur fierté, on disait: Elles ne méritent pas qu'on les plaigne; nous sommes bien aises de voir leur orgueil abaissé; qu'elles aillent faire les dames en gardant les moutons. Mais, en même temps, toute le monde disait: Pour la Belle, nous sommes bien fâchés de son malheur; c'est une si bonne fille! elle parlait aux pauvres gens avec tant de bonté! elle était si douce, si honnête! Il y eut même plusieurs gentilshommes, qui voulurent l'épouser, quoiqu'elle n'eût pas un sou: mais elle leur dit qu'elle ne pouvait se résoudre à abandonner son pauvre père dans son malheur, et qu'elle le suivrait à la campagne pour le consoler et lui aider à travailler. La pauvre Belle avait été bien affligée d'abord, de perdre sa fortune, mais elle s'était dit à ellemême: Quand je pleurerai bien fort, cela ne me rendra pas mon bien; il faut tâcher d'être heureuse sans fortune. Quand ils furent arrivés à leur maison de campagne, le marchand et ses trois fils s'occupèrent à labourer la terre. La Belle se levait à quatre heures du matin, et se dépêchait de nettoyer la maison, d'apprêter à dîner pour la famille. Elle eut d'abord beaucoup de peine, car elle n'était pas accoutumée à travailler comme une servante; mais au bout de deux mois, elle devint plus forte, et la fatigue lui donna une santé parfaite. Quand elle avait fait son ouvrage, elle lisait, elle jouait du clavecin, ou bien, elle chantait en filant. Ses deux soeurs, au contraire, s'ennuyaient à la mort; elles se levaient à dix heures du matin, se promenaient toute la journée, et s'amusaient à regretter leurs beaux habits et les compagnies. Voyez notre cadette, disaientelles entre elles; elle a l'âme basse, et est si stupide, qu'elle est contente de sa malheureuse situation. Le bon marchand ne pensait pas comme ses filles. Il savait que la Belle était plus propre que ses soeurs à briller dans les compagnies. Il admirait la vertu de cette jeune fille, et surtout sa patience; car ses soeurs, non contentes de lui laisser faire tout l'ouvrage de la maison, l'insultaient à tout moment.

Il y avait un an que cette famille vivait dans la solitude, lorsque le marchand reçut une lettre, par laquelle on lui mandait, qu'un vaisseau, sur lequel il avait des marchandises, venait d'arriver heureusement. Cette nouvelle pensa tourner la tête à ses deux aînées, qui pensaient qu'à la fin elles pourraient quitter cette campagne, où elles s'ennuyaient tant; et quand elles virent leur père prêt à partir, elles le prièrent de leur apporter des robes, des palatines, des coiffures, et toutes sortes de bagatelles. La Belle ne lui demandait rien; car elle pensait en ellemême que tout l'argent des marchandises ne suffirait pas pour acheter ce que ses soeurs souhaitaient. Tu ne me pries pas de t'acheter quelque chose, lui dit son père. Puisque vous avez la bonté de penser à moi, lui ditelle, je vous prie de m'apporter une rose, car il n'en vient point ici. Ce n'est pas que la Belle se souciât d'une rose; mais elle ne voulait pas condamner par son exemple la conduite de ses soeurs, qui auraient dit que c'était pour se distinguer qu'elle ne demandait rien. Le bonhomme partit; mais quand il fut arrivé, on lui fit un procès pour ses marchandises; et après avoir eu beaucoup de peine, il revint aussi pauvre qu'il était auparavant. Il n'avait plus que trente milles pour arriver à sa maison, et il se réjouissait déjà du plaisir de voir ses enfants; mais comme il fallait passer un grand bois avant de trouver sa maison, il se perdit. Il neigeait horriblement; le vent était si grand, qu'il le jeta deux fois en bas de son cheval; et la nuit étant venue, il pensa qu'il mourrait de faim ou de froid, ou qu'il serait mangé des loups, qu'il entendait hurler autour de lui. Tout d'un coup, en regardant au bout d'une longue allée d'arbres, il vit une grande lumière, mais qui paraissait bien éloignée. Il marcha de ce côtélà, et vit que cette lumière sortait d'un grand palais, qui était tout illuminé. Le marchand remercia Dieu du secours qu'il lui envoyait, et se hâta d'arriver à ce château; mais il fut bien surpris de ne trouver personne dans les cours. Son cheval, qui le suivait, voyant une grande écurie ouverte, entra dedans, et ayant trouvé du foin et de l'avoine, le pauvre animal, qui mourait de faim, se jeta dessus avec beaucoup d'avidité. Le marchand l'attacha dans l'écurie, et marcha vers la maison, où il ne trouva personne; mais étant entré dans une grande salle, il y trouva un bon feu, et une table chargée de viandes, où il n'y avait qu'un couvert. Comme la pluie et la neige l'avaient mouillé jusqu'aux os, il s'approcha du feu pour se sécher, et disait en luimême: Le maître de la maison ou ses domestiques me pardonneront la liberté que j'ai prise, et sans doute ils viendront bientôt. Il attendit pendant un temps considérable; mais onze heures ayant sonné sans qu'il vît personne, il ne put résister à la faim, et prit un poulet, qu'il mangea en deux bouchées et en tremblant. Il but aussi quelques coups de vin, et, devenu plus hardi, il sortit de la salle, et traversa plusieurs grands appartements, magnifiquement meublés. A la fin, il trouva une chambre, où il y avait un bon lit, et comme il était minuit passé, et qu'il était las, il prit le parti de fermer la porte et de se coucher.

Il était dix heures du matin quand il se leva le lendemain, et il fut bien surpris de trouver un habit fort propre, à la place du sien, qui était tout gâté. Assurément, ditil en luimême, ce palais appartient à quelque bonne fée, qui a eu pitié de ma situation. Il regarda par la fenêtre, et ne vit plus de neige, mais des berceaux de fleurs qui enchantaient la vue. Il rentra dans la grande salle où il avait soupé la veille, et vit une petite table où il y avait du chocolat. Je vous remercie, madame la fée, ditil tout haut, d'avoir eu la bonté de penser à mon déjeuner. Le bonhomme, après avoir pris son chocolat, sortit pour aller chercher son cheval, et comme il passait sous un berceau de roses, il se souvint que la Belle lui en avait demandé, et cueillit une branche, où il y en avait plusieurs. En même temps, il entendit un grand bruit, et vit venir à lui une bête si horrible, qu'il fut tout près de s'évanouir.

Vous êtes bien ingrat! lui dit la bête d'une voix terrible; je vous ai sauvé la vie en vous recevant dans mon château, et, pour ma peine, vous me volez mes roses, que j'aime mieux que toutes choses au monde! Il faut mourir pour réparer cette faute; je ne vous donne qu'un quart d'heure pour demander pardon à Dieu. Le marchand se jeta à genoux, et dit à la bête, en joignant les mains: Monseigneur, pardonnezmoi; je ne croyais pas vous offenser en cueillant une rose pour une de mes filles qui m'en avait demandé. Je ne m'appelle point monseigneur, répondit le monstre, mais la Bête. Je n'aime pas les compliments, moi, je veux qu'on dise ce que l'on pense; ainsi, ne croyez pas me toucher par vos flatteries. Mais vous m'avez dit que vous aviez des filles; je veux bien vous pardonner, à condition qu'une de vos filles vienne volontairement pour mourir à votre place. Ne me raisonnez pas; partez; et si vos filles refusent de mourir pour vous, jurez que vous reviendrez dans trois mois. Le bonhomme n'avait pas dessein de sacrifier une de ses filles à ce vilain monstre; mais il pensa: Au moins, j'aurai le plaisir de les embrasser encore une fois. Il jura donc de revenir, et la Bête lui dit qu'il pouvait partir quand il voudrait. Mais, ajoutatelle, je ne veux pas que tu t'en ailles les mains vides. Retourne dans la chambre où tu as couché: tu y trouveras un grand coffre vide; tu peux y mettre tout ce qu'il te plaira, je le ferai porter chez toi. En même temps la Bête se retira; et le bonhomme dit en luimême: S'il faut que je meure, j'aurai la consolation de laisser du pain à mes pauvres enfants.

Il retourna dans la chambre où il avait couché, et y ayant trouvé une grande quantité de pièces d'or, il en remplit le grand coffre dont la Bête lui avait parlé, le ferma, et ayant repris son cheval, qu'il retrouva dans l'écurie, il sortit de ce palais avec une tristesse égale à la joie qu'il avait lorsqu'il y était entré. Son cheval prit de luimême une des routes de la forêt, et en peu d'heures le bonhomme arriva dans sa petite maison. Ses enfants se rassemblèrent autour de lui; mais au lieu d'être sensible à leurs caresses, le marchand se mit à pleurer en les regardant. Il tenait à la main la branche de roses, qu'il apportait à la Belle. Il la lui donna, et lui dit: La Belle, prenez ces roses; elles coûteront bien cher à votre malheureux père. Et tout de suite il raconta à sa famille la funeste aventure qui lui était arrivée. A ce récit, ses deux aînées jetèrent de grands cris, et dirent des injures à la Belle, qui ne pleurait point. Voyez ce que produit l'orgueil de cette petite créature, disaientelles; que ne demandaitelle des ajustements comme nous? Mais non, mademoiselle voulait se distinguer. Elle va causer la mort de notre père, et elle ne pleure pas. Cela serait fort inutile, reprit la Belle; pourquoi pleureraisje la mort de mon père? il ne périra point. Puisque le monstre veut bien accepter une de ses filles, je veux me livrer à toute sa furie, et je me trouve fort heureuse, puisqu'en mourant, j'aurai la joie de sauver mon père, et de lui prouver ma tendresse. Non, ma soeur, lui dirent ses trois frères, vous ne mourrez pas; nous irons trouver ce monstre, et nous périrons sous ses coups, si nous ne pouvons le tuer. Ne l'espérez pas, mes enfants, leur dit le marchand; la puissance de cette Bête est si grande, qu'il ne me reste aucune espérance de la faire périr. Je suis charmé du bon coeur de la Belle; mais je ne veux pas l'exposer à la mort. Je suis vieux, il ne me reste que peu de temps à vivre; ainsi, je ne perdrai que quelques années de vie, que je ne regrette qu'à cause de vous, mes chers enfants. Je vous assure, mon père, lui dit la Belle, que vous n'irez pas à ce palais sans moi; vous ne pouvez m'empêcher de vous suivre. Quoique je sois jeune, je ne suis pas fort attachée à la vie, et j'aime mieux être dévorée par ce monstre que de mourir du chagrin que me donnerait votre perte. On eut beau dire, la Belle voulut absolument partir pour le beau palais, et ses soeurs en étaient charmées; parce que les vertus de cette cadette leur avaient inspiré beaucoup de jalousie. Le marchand était si occupé de la douleur de perdre sa fille, qu'il ne pensait pas au coffre qu'il avait rempli d'or; mais, aussitôt qu'il se fut enfermé dans sa chambre pour se coucher, il fut bien étonné de le trouver à la ruelle de son lit. Il résolut de ne point dire à ses enfants qu'il était devenu si riche; parce que ses filles auraient voulu retourner à la ville, et qu'il était résolu de mourir dans cette campagne: mais il confia ce secret à la Belle, qui lui apprit qu'il était venu quelques gentilshommes pendant son absence, et qu'il y en avait deux qui aimaient ses soeurs. Elle pria son père de les marier; car elle était si bonne, qu'elle les aimait, et leur pardonnait de tout son coeur le mal qu'elles lui avaient fait. Ces deux méchantes filles se frottèrent les yeux avec un oignon pour pleurer lorsque la Belle partit avec son père; mais ses frères pleuraient tout de bon, aussi bien que le marchand: il n'y avait que la Belle qui ne pleurait point, parce qu'elle ne voulait pas augmenter leur douleur. Le cheval prit la route du palais; et sur le soir, ils l'aperçurent illuminé, comme la première fois. Le cheval fut tout seul à l'écurie, et le bonhomme entra avec sa fille dans la grande salle, où ils trouvèrent une table, magnifiquement servie, avec deux couverts. Le marchand n'avait pas le coeur de manger; mais la Belle, s'efforçant de paraître tranquille, se mit à table, et le servit; puis elle disait en ellemême: La Bête veut m'engraisser avant de me manger, puisqu'elle me fait si bonne chère. Quand ils eurent soupé, ils entendirent un grand bruit, et le marchand dit adieu à sa pauvre fille en pleurant; car il pensait que c'était la Bête. La Belle ne put s'empêcher de frémir en voyant cette horrible figure: mais elle se rassura de son mieux; et le monstre lui ayant demandé si c'était de bon coeur qu'elle était venue, elle lui dit, en tremblant, qu'oui. Vous êtes bien bonne, dit la Bête, et je vous suis bien obligée. Bonhomme partez demain matin, et ne vous avisez jamais de revenir ici. Adieu, la Belle. Adieu, la Bête, réponditelle. Et tout de suite le monstre se retira. Ah! ma fille! dit le marchand en embrassant la Belle, je suis à demi mort de frayeur. Croyezmoi, laissezmoi ici. Non, mon père, lui dit la Belle avec fermeté, vous partirez demain matin, et vous m'abandonnerez au secours du ciel; peutêtre auratil pitié de moi. Ils furent se coucher, et croyaient ne pas dormir de toute la nuit; mais à peine furentils dans leurs lits, que leurs yeux se fermèrent. Pendant son sommeil, la Belle vit une dame qui lui dit: Je suis contente de votre bon coeur, la Belle; la bonne action que vous faites en donnant votre vie, pour sauver celle de votre père, ne demeurera point sans récompense. La Belle, en s'éveillant, raconta ce songe à son père; et quoiqu'il le consolât un peu, cela ne l'empêcha pas de jeter de grands cris quand il fallut se séparer de sa chère fille.

Lorsqu'il fut parti, la Belle s'assit dans la grande salle, et se mit à pleurer aussi; mais comme elle avait beaucoup de courage, elle se recommanda à Dieu, et résolut de ne se point chagriner, pour le peu de temps qu'elle avait à vivre; car elle croyait fermement que la Bête la mangerait le soir. Elle résolut de se promener en attendant, et de visiter ce beau château. Elle ne pouvait s'empêcher d'en admirer la beauté. Mais elle fut bien surprise de trouver une porte sur laquelle il y avait écrit: Appartement de la Belle. Elle ouvrit cette porte avec précipitation, et elle fut éblouie de la magnificence qui y régnait: mais ce qui frappa le plus sa vue, ce fut une grande bibliothèque, un clavecin, et plusieurs livres de musique. On ne veut pas que je m'ennuie, ditelle tout bas; elle pensa ensuite: Si je n'avais qu'un jour à demeurer ici, on ne m'aurait pas fait une telle provision. Cette pensée ranima son courage. Elle ouvrit la bibliothèque, et vit un livre où il y avait écrit en lettres d'or: souhaitez, commandez; vous êtes ici la reine et la maîtresse. Hélas! ditelle en soupirant, je ne souhaite rien que de revoir mon pauvre père, et de savoir ce qu'il fait à présent. Elle avait dit cela en ellemême: quelle fut sa surprise, en jetant ses yeux sur un grand miroir, d'y voir sa maison, où son père arrivait avec un visage extrêmement triste. Ses soeurs venaient audevant de lui; et malgré les grimaces qu'elles faisaient pour paraître affligées, la joie qu'elles avaient de la perte de leur soeur paraissait sur leur visage. Un moment après, tout cela disparut, et la Belle ne put s'empêcher de penser que la Bête était bien complaisante, et qu'elle n'avait rien à craindre d'elle. A midi, elle trouva la table mise; et pendant son dîner, elle entendit un excellent concert, quoiqu'elle ne vît personne. Le soir, comme elle allait se mettre à table, elle entendit le bruit que faisait la Bête, et ne put s'empêcher de frémir. La Belle, lui dit ce monstre, voulezvous bien que je vous voie souper? Vous êtes le maître, répondit la Belle en tremblant. Non, répondit la Bête, il n'y a ici de maîtresse que vous. Vous n'avez qu'à me dire de m'en aller, si je vous ennuie; je sortirai tout de suite. Ditesmoi, n'estce pas que vous me trouvez bien laid? Cela est vrai, dit la Belle, car je ne sais pas mentir, mais je crois que vous êtes fort bon. Vous avez raison, dit le monstre; mais, outre que je suis laid, je n'ai point d'esprit: je sais bien que je ne suis qu'une Bête. On n'est pas Bête, reprit la Belle, quand on croit n'avoir point d'esprit: un sot n'a jamais su cela. Mangez donc, la Belle, lui dit le monstre, et tâchez de ne vous point ennuyer dans votre maison; car tout ceci est à vous; et j'aurais du chagrin si vous n'étiez pas contente. Vous avez bien de la bonté, dit la Belle. Je vous avoue que je suis bien contente de votre coeur; quand j'y pense, vous ne me paraissez plus si laid. Oh! dame, oui, répondit la Bête, j'ai le coeur bon; mais je suis un monstre. Il y a bien des hommes qui sont plus monstres que vous, dit la Belle; et je vous aime mieux avec votre figure que ceux qui avec la figure d'hommes cachent un coeur faux, corrompu, ingrat. Si j'avais de l'esprit, reprit la Bête, je vous ferais un grand compliment pour vous remercier; mais je suis un stupide, et tout ce que je puis vous dire, c'est que je vous suis bien obligé.

La belle soupa de bon appétit. Elle n'avait presque plus peur du monstre; mais elle manqua mourir de frayeur lorsqu'il lui dit: La Belle, voulezvous être ma femme? Elle fut quelque temps sans répondre; elle avait peur d'exciter la colère du monstre en le refusant: elle lui dit pourtant en tremblant: Non, la Bête. Dans le moment, ce pauvre monstre voulut soupirer, et il fit un sifflement si épouvantable, que tout le palais en retentit: mais Belle fut bientôt rassurée; car la Bête, lui ayant dit tristement: Adieu donc, la Belle, sortit de la chambre, en se retournant de temps en temps pour la regarder encore. La Belle se voyant seule, sentit une grande compassion pour cette pauvre Bête: Hélas, disaitelle, c'est bien dommage qu'elle soit si laide, elle est si bonne!

La Belle passa trois mois dans ce palais avec assez de tranquillité. Tous les soirs, la Bête lui rendait visite, l'entretenait pendant le souper avec assez de bon sens, mais jamais avec ce qu'on appelle esprit dans le monde. Chaque jour, la Belle découvrait de nouvelles bontés dans ce monstre. L'habitude de le voir l'avait accoutumée à sa laideur; et, loin de craindre le moment de sa visite, elle regardait souvent à sa montre pour voir s'il était bientôt neuf heures; car la Bête ne manquait jamais de venir à cette heurelà. Il n'y avait qu'une chose qui faisait de la peine à la Belle, c'est que le monstre, avant de se coucher, lui demandait toujours si elle voulait être sa femme, et paraissait pénétré de douleur lorsqu'elle lui disait que non. Elle lui dit un jour: Vous me chagrinez, la Bête; je voudrais pouvoir vous épouser, mais je suis trop sincère pour vous faire croire que cela arrivera jamais. Je serai toujours votre amie, tâchez de vous contenter de cela. Il le faut bien, reprit la Bête; je me rends justice. Je sais que je suis bien horrible; mais je vous aime beaucoup; cependant je suis trop heureux de ce que vous voulez bien rester ici; promettezmoi que vous ne me quitterez jamais. La Belle rougit à ces paroles. Elle avait vu dans son miroir que son père était malade de chagrin de l'avoir perdue, et elle souhaitait de le revoir. Je pourrais bien vous promettre, ditelle à la Bête, de ne vous jamais quitter tout à fait; mais j'ai tant d'envie de revoir mon père, que je mourrai de douleur si vous me refusez ce plaisir. J'aime mieux mourir moimême, dit ce monstre, que de vous donner du chagrin. Je vous enverrai chez votre père; vous y resterez, et votre pauvre Bête en mourra de douleur. Non, lui dit la Belle en pleurant, je vous aime trop pour vouloir causer votre mort. Je vous promets de revenir dans huit jours. Vous m'avez fait voir que mes soeurs sont mariées, et que mes frères sont partis pour l'armée. Mon père est tout seul, souffrez que je reste chez lui une semaine. Vous y serez demain au matin, dit la Bête; mais souvenezvous de votre promesse. Vous n'aurez qu'à mettre votre bague sur une table en vous couchant, quand vous voudrez revenir. Adieu, la Belle. La Bête soupira selon sa coutume en disant ces mots, et la Belle se coucha tout triste de la voir affligée. Quand elle se réveilla le matin, elle se trouva dans la maison de son père; et ayant sonné une clochette qui était à côté de son lit, elle vit venir la servante, qui fit un grand cri en la voyant. Le bonhomme accourut à ce cri, et manqua mourir de joie en revoyant sa chère fille; et ils se tinrent embrassés plus d'un quart d'heure. La Belle, après les premiers transports, pensa qu'elle n'avait point d'habits pour se lever; mais la servante lui dit qu'elle venait de trouver dans la chambre voisine un grand coffre plein de robes toutes d'or, garnies de diamants. La Belle remercia la bonne Bête de ses attentions; elle prit la moins riche de ces robes, et dit à la servante de serrer les autres, dont elle voulait faire présent à ses soeurs: mais à peine eutelle prononcé ces paroles, que le coffre disparut. Son père lui dit que la Bête voulait qu'elle gardât tout cela pour elle, et aussitôt les robes et le coffre revinrent à la même place. La Belle s'habilla; et pendant ce temps, on fut avertir ses soeurs, qui accoururent avec leurs maris. Elles étaient toutes deux fort malheureuses. L'aînée avait épousé un gentilhomme beau comme l'amour; mais il était si amoureux de sa propre figure, qu'il n'était occupé que de cela depuis le matin jusqu'au soir, et méprisait la beauté de sa femme. La seconde avait épousé un homme qui avait beaucoup d'esprit; mais il ne s'en servait que pour faire enrager tout le monde, et sa femme toute la première. Les soeurs de la Belle manquèrent mourir de douleur quand elles la virent habillée comme une princesse, et plus belle que le jour. Elle eut beau les caresser, rien ne put étouffer leur jalousie, qui augmenta beaucoup quand elle leur eut conté combien elle était heureuse. Ces deux jalouses descendirent dans le jardin, pour y pleurer tout à leur aise, et elles se disaient: Pourquoi cette petite créature estelle plus heureuse que nous? Ne sommesnous pas plus aimables qu'elle? Ma soeur, dit l'aînée, il me vient une pensée; tâchons de l'arrêter ici plus de huit jours sa sotte Bête se mettra en colère de ce qu'elle lui aura manqué de parole, et peutêtre qu'elle la dévorera. Vous avez raison, ma soeur, répondit l'autre. Pour cela, il lui faut faire de grandes caresses. Et ayant pris cette résolution, elles remontèrent, et firent tant d'amitié à leur soeur, que la Belle en pleura de joie. Quand les huit jours furent passés, les deux soeurs s'arrachèrent les cheveux, et firent tant les affligées de son départ, qu'elle promit de rester encore huit jours.

Cependant la Belle se reprochait le chagrin qu'elle allait donner à sa pauvre Bête, qu'elle aimait de tout son coeur, et elle s'ennuyait de ne la plus voir. La dixième nuit qu'elle passa chez son père, elle rêva qu'elle était dans le jardin du palais, et qu'elle voyait la Bête, couchée sur l'herbe, et prête à mourir, qui lui reprochait son ingratitude. La Belle se réveilla en sursaut, et versa des larmes. Ne suisje pas bien méchante, disaitelle, de donner du chagrin à une Bête qui a pour moi tant de complaisance? Estce sa faute si elle est si laide, et si elle a peu d'esprit? Elle est bonne, cela vaut mieux que tout le reste. Pourquoi n'aije pas voulu l'épouser? Je serais plus heureuse avec elle que mes soeurs avec leurs maris. Ce n'est ni la beauté ni l'esprit d'un mari qui rendent une femme contente: c'est la bonté du caractère, la vertu, la complaisance: et la Bête a toutes ces bonnes qualités. Je n'ai point d'amour pour elle; mais j'ai de l'estime, de l'amitié, et de la reconnaissance. Allons, il ne faut pas la rendre malheureuse; je me reprocherais toute ma vie mon ingratitude. A ces mots, Belle se lève, met sa bague sur la table, et revient se coucher. A peine futelle dans son lit, qu'elle s'endormit, et quand elle se réveilla le matin, elle vit avec joie qu'elle était dans le palais de la Bête. Elle s'habilla magnifiquement pour lui plaire, et s'ennuya à mourir toute la journée, en attendant neuf heures du soir; mais l'horloge eut beau sonner, la Bête ne parut point. La Belle, alors, craignit d'avoir cause sa mort. Elle courut tout le palais en jetant de grands cris; elle était au désespoir. Après avoir cherché partout, elle se souvint de son rêve, et courut dans le jardin vers le canal, où elle l'avait vue en dormant. Elle trouva la pauvre Bête étendu, sans connaissance, et elle crut qu'elle était morte. Elle se jeta sur son corps, sans avoir horreur de sa figure; et sentant que son coeur battait encore, elle prit de l'eau dans le canal, et lui en jeta sur la tête. La Bête ouvrit les yeux, et dit à la Belle: Vous avez oublié votre promesse: le chagrin de vous avoir perdue m'a fait résoudre à me laisser mourir de faim; mais je meurs content, puisque j'ai le plaisir de vous revoir encore une fois. Non, ma chère Bête, vous ne mourrez point, lui dit la Belle; vous vivrez pour devenir mon époux; dès ce moment je vous donne ma main, et je jure que je ne serai qu'à vous. Hélas! je croyais n'avoir que de l'amitié pour vous, mais la douleur que je sens me fait voir que je ne pourrais vivre sans vous voir. A peine la Belle eutelle prononcé ces paroles, qu'elle vit le château brillant de lumière: les feux d'artifice, la musique, tout lui annonçait une fête; mais toutes ces beautés n'arrêtèrent point sa vue: elle se retourna vers sa chère Bête, dont le danger la faisait frémir. Quelle fut sa surprise! la Bête avait disparu, et elle ne vit plus à ses pieds qu'un prince plus beau que l'Amour, qui la remerciait d'avoir fini son enchantement. Quoique ce prince méritât toute son attention, elle ne put s'empêcher de lui demander où était la Bête. Vous la voyez à vos pieds, lui dit le prince. Une méchante fée m'avait condamné à rester sous cette figure jusqu'à ce qu'une belle fille consentît à m'épouser, et elle m'avait défendu de faire paraître mon esprit. Ainsi, il n'y avait que vous dans le monde assez bonne pour vous laisser toucher à la bonté de mon caractère: et en vous offrant ma couronne, je ne puis m'acquitter des obligations que je vous ai. La Belle, agréablement surprise, donna la main à ce beau prince pour se relever. Ils allèrent ensemble au château, et la Belle manqua mourir de joie en trouvant dans la grand salle son père et toute sa famille, que la belle dame qui lui était apparue en songe avait transportés au château. Belle, lui dit cette dame, qui était une grande fée, venez recevoir la récompense de votre bon choix; vous avez préféré la vertu à la beauté et à l'esprit, vous méritez de trouver toutes ces qualités réunies en une même personne. Vous allez devenir une grande reine: j'espère que le trône ne détruira pas vos vertus. Pour vous, mesdemoiselles, dit la fée aux deux soeurs de la Belle, je connais votre coeur, et toute la malice qu'il enferme. Devenez deux statues; mais conservez toute votre raison sous la pierre qui vous enveloppera. Vous demeurerez à la porte du palais de votre soeur, et je ne vous impose point d'autre peine que d'être témoins de son bonheur. Vous ne pourrez revenir dans votre premier état qu'au moment où vous reconnaîtrez vos fautes; mais j'ai bien peur que vous ne restiez toujours statues. On se corrige de l'orgueil, de la colère, de la gourmandise et de la paresse: mais c'est une espèce de miracle que la conversion d'un coeur méchant et envieux. Dans le moment la fée donna un coup de baguette, qui transporta tous ceux qui étaient dans cette salle dans le royaume du prince. Ses sujets le revirent avec joie: et il épousa la Belle, qui vécut avec lui fort longtemps, et dans un bonheur parfait, parce qu'il était fondé sur la vertu.

LA BELLE AUX CHEVEUX D'OR.

Il y avait une fois la fille d'un roi qui était si belle, qu'il n'y avait rien de si beau au monde; et à cause qu'elle était si belle, on la nommait la Belle aux Cheveux d'Or: car ses cheveux étaient plus fins que de l'or, et blonds par merveille, tout frisés, qui lui tombaient jusque sur les pieds. Elle allait toujours couverte de ses cheveux bouclés, avec une couronne de fleurs sur la tête et des habits, brodés de diamants et de perles; tant y a qu'on ne pouvait la voir sans l'aimer.

Il y avait un jeune roi de ses voisins qui n'était point marié, et qui était bien fait et bien riche. Quand il eut appris tout ce qu'on disait de la Belle aux Cheveux d'Or, bien qu'il ne l'eût point encore vue, il se prit à l'aimer si fort, qu'il en perdait le boire et le manger , et il se résolut de lui envoyer un ambassadeur pour la demander en mariage. Il fit faire un carrosse magnifique à son ambassadeur; il lui donna plus de cent chevaux et cent laquais, et lui recommanda bien de lui amener la princesse.

Quand il eut pris congé du roi et qu'il fut parti, toute la cour ne parlait d'autre chose; et le roi, qui ne doutait pas que la Belle aux Cheveux d'Or ne consentît à ce qu'il souhaitait, lui faisait déjà faire de belles robes et des meubles admirables. Pendant que les ouvriers étaient occupés à travailler, l'ambassadeur, arrivé chez la Belle aux Cheveux d'Or, lui fit son petit message; mais, soit qu'elle ne fût pas ce jourlà de bonne humeur, ou que le compliment ne lui semblât pas à son gré, elle répondit à l'ambassadeur qu'elle remerciait le roi, et qu'elle n'avait point envie de se marier.

L'ambassadeur partit de la cour de cette princesse, bien triste de ne la pas amener avec lui; il rapporta tous les présents qu'il lui avait portés de la part du roi: car elle était fort sage, et savait bien qu'il ne faut pas que les filles reçoivent rien des garçons; aussi elle ne voulut jamais accepter les beaux diamants et le reste; et pour ne pas mécontenter le roi, elle prit seulement un quarteron d'épingles d'Angleterre.

Quand l'ambassadeur arriva à la grande ville du roi, où il était attendu si impatiemment, chacun s'affligea de ce qu'il n'amenait point la Belle aux Cheveux d'Or, et le roi se prit à pleurer comme un enfant: on le consolait sans en pouvoir venir à bout.

Il y avait un jeune garçon à la cour qui était beau comme le soleil, et le mieux fait de tout le royaume: à cause de sa bonne grâce et de son esprit, on le nommait Avenant. Tout le monde l'aimait, hors les envieux, qui étaient fâchés que le roi lui fît du bien, et qu'il lui confiât tous les jours ses affaires.

Avenant se trouva avec des personnes qui parlaient du retour de l'ambassadeur, et qui disaient qu'il n'avait rien fait qui vaille; il leur dit, sans y prendre trop garde: "Si le roi m'avait envoyé vers la Belle aux Cheveux d'Or, je suis certain qu'elle serait venue avec moi." Tout aussitôt ces méchantes gens vont dire au roi: "Sire, vous ne savez pas ce que dit Avenant? Que si vous l'aviez envoyé chez la Belle aux Cheveux d'Or, il l'aurait ramenée. Considérez bien sa malice, il prétend être plus beau que vous, et qu'elle l'aurait tant aimé, qu'elle l'aurait suivi partout." Voilà le roi que se met en colère, en colère tant et tant, qu'il était hors de lui. "Ha, ha! ditil, ce joli mignon se moque de mon malheur, et il se prise plus que moi; allons, qu'on le mette dans ma grosse tour, et qu'il y meure de faim!"

Les gardes du roi furent chez Avenant, qui ne pensait plus à ce qu'il avait dit; ils le traînèrent en prison, et lui firent mille maux . Ce pauvre garçon n'avait qu'un peu de paille pour se coucher; et il serait mort, sans une petite fontaine qui coulait dans le pied de la tour, dont il buvait un peu pour se rafraîchir: car la faim lui avait bien séché la bouche.

Un jour qu'il n'en pouvait plus, il disait en soupirant: "De quoi se plaint le roi? il n'a point de sujet qui lui soit plus fidèle que moi; je ne l'ai jamais offensé." Le roi, par hasard, passait proche de la tour; et quand il entendit la voix de celui qu'il avait tant aimé, il s'arrêta pour l'écouter, malgré ceux qui étaient avec lui, qui haïssaient Avenant, et qui disaient au roi: "A quoi vous amusezvous, sire? ne savezvous pas que c'est un fripon?" Le roi répondit: "Laissezmoi là, je veux l'écouter." Ayant ouï ses plaintes, les larmes lui en vinrent aux yeux; il ouvrit la porte de la tour, et l'appela. Avenant vint tout triste se mettre à genoux devant lui, et baisa ses pieds: "Que vous aije fait, sire, lui ditil, pour me traiter si rudement?Tu t'es moqué de moi et de mon ambassadeur, dit le roi. Tu as dit que si je t'avais envoyé chez la Belle aux Cheveux d'Or, tu l'aurais bien amenée.Il est vrai, sire, répondit Avenant, que je lui aurais si bien fait connaître vos grandes qualités, que je suis persuadé qu'elle n'aurait pu s'en défendre; et en cela je n'ai rien dit qui ne vous dût être agréable." Le roi trouva qu'effectivement il n'avait point de tort; il regarda de travers ceux qui lui avaient dit du mal de son favori, et il l'emmena avec lui, se repentant bien de la peine qu'il lui avait faite.

Après l'avoir fait souper à merveille, il l'appela dans son cabinet, et lui dit; "Avenant, j'aime toujours la Belle aux Cheveux d'Or, ses refus ne m'ont point rebuté; mais je ne sais comment m'y prendre pour qu'elle veuille m'épouser: j'ai envie de t'y envoyer pour voir si tu pourras réussir." Avenant répliqua qu'il était disposé à lui obéir en toute chose, qu'il partirait dès le lendemain. "Oh! dit le roi, je veux te donner un grand équipage.Cela n'est point nécessaire, réponditil; il ne me faut qu'un bon cheval, avec des lettres de votre part." Le roi l'embrassa; car il était ravi de le voir sitôt prêt.

Ce fut un lundi matin qu'il prit congé du roi et de ses amis, pour aller à son ambassade tout seul, sans pompe et sans bruit. Il ne faisait que rêver aux moyens d'engager la Belle aux Cheveux d'Or à épouser le roi. Il avait une écritoire dans sa poche; et quand il lui venait quelque belle pensée à mettre dans sa harangue, il descendait de cheval, et s'asseyait sous des arbres pour écrire, afin de ne rien oublier. Un matin qu'il était parti à la petite pointe du jour, en passant dans une grande prairie, il lui vint une pensée fort jolie; il mit pied à terre; et se plaça contre des saules et des peupliers, qui étaient plantés le long d'une petite rivière qui coulait au bord du pré. Après qu'il eut écrit, il regarda de tous côtés, charmé de se trouver en un si bel endroit. Il aperçut sur l'herbe une grosse carpe dorée, qui bâillait et qui n'en pouvait plus, car, ayant voulu attraper de petits moucherons, elle avait sauté si haut hors de l'eau, qu'elle s'était élancée sur l'herbe, où elle était prête à mourir. Avenant en eut pitié; et quoiqu'il fût jour maigre, et qu'il eût pu l'emporter pour son dîner, il fut la prendre, et la remit doucement dans la rivière. Dès que ma commère la carpe sent la fraîcheur de l'eau, elle commence à se réjouir et se laisse couler jusqu'au fond; puis revenant toute gaillarde au bord de la rivière: "Avenant, ditelle, je vous remercie du plaisir que vous venez de me faire; sans vous je serais morte, et vous m'avez sauvée; je vous le revaudrai." Après ce petit compliment, elle s'enfonça dans l'eau, et Avenant demeura bien surpris de l'esprit et de la grande civilité de la carpe.

Un autre jour qu'il continuait son voyage, il vit un corbeau bien embarrassé: ce pauvre oiseau était poursuivi par un gros aigle (grand mangeur de corbeaux); il était près de l'attraper, et il l'aurait avalé comme une lentille, si Avenant n'eût eu compassion du malheur de cet oiseau. "Voilà, ditil, comme les plus forts oppriment les plus faibles: quelle raison a l'aigle de manger le corbeau?" Il prend son arc, qu'il portait toujours, et une flèche; puis mirant bien l'aigle, croc, il lui décoche la flèche dans le corps, et le perce de part en part; il tombe mort, et le corbeau ravi vint se percher sur un arbre: "Avenant, lui ditil, vous êtes bien généreux de m'avoir secouru, moi qui ne suis qu'un misérable corbeau; mais je n'en demeurerai point ingrat, je vous le revaudrai."

Avenant admira le bon esprit du corbeau, et continua son chemin. En entrant dans un grand bois, si matin qu'il ne voyait qu'à peine à se conduire, il entendit un hibou qui criait en hibou désespéré. "Ouais! ditil, voilà un hibou bien affligé; il pourrait s'être laissé prendre dans quelque filet." Il chercha de tous côtés, et enfin il trouva de grands filets que des oiseleurs avaient tendus la nuit pour attraper les oisillons. Quelle pitié! ditil; les hommes ne sont faits que pour s'entretourmenter, ou pour persécuter de pauvres animaux, qui ne leur font ni tort ni dommage. Il tira son couteau, et coupa les cordelettes. Le hibou prit l'essor; mais revenant à tired'aile: "Avenant, ditil, il n'est pas nécessaire que je vous fasse une longue harangue pour vous faire comprendre l'obligation que je vous ai; elle parle assez d'ellemême: les chasseurs allaient venir, j'étais pris, j'étais mort sans votre secours; j'ai le coeur reconnaissant, je vous le revaudrai."

Voilà les trois plus considérables aventures qui arrivèrent à Avenant dans son voyage. Il était si pressé d'arriver, qu'il ne tarda pas à se rendre au palais de la Belle aux Cheveux d'Or. Tout y était admirable; l'on y voyait les diamants entassés comme des pierres, les beaux habits, le bonbon, l'argent, c'étaient des choses merveilleuses; et il pensait en luimême que, si elle quittait tout cela pour venir chez le roi son maître, il faudrait qu'il jouât bien de bonheur. Il prit un habit de brocart, des plumes incarnates et blanches; il se peigna, se poudra, se lava le visage; il mit une riche écharpe toute brodée à son cou, avec un petit panier, et dedans un beau petit chien, qu'il avait acheté en passant à Bologne. Avenant était si bien fait, si aimable, il faisait toutes choses avec tant de grâce, que lorsqu'il se présenta à la porte du palais, tous les gardes lui firent une grande révérence; et l'on courut dire à la Belle aux Cheveux d'Or qu'Avenant, ambassadeur du roi son plus proche voisin, demandait à la voir.

Sur ce nom d'Avenant, la princesse dit: "Cela me porte bonne signification; je gagerais qu'il est joli, et qu'il plaît à tout le monde.Vraiment oui, madame, lui dirent toutes ses filles d'honneur: nous l'avons vu du grenier où nous accommodions votre filasse; et tant qu'il a demeuré sous les fenêtres, nous n'avons pu rien faire.Voilà qui est beau, répliqua la Belle aux Cheveux d'Or, de vous amuser à regarder les garçons. Çà, que l'on me donne ma grande robe de satin bleu brodée, et que l'on éparpille bien mes blonds cheveux; que l'on me fasse des guirlandes de fleurs nouvelles; que l'on me donne mes souliers hauts et mon éventail; que l'on balaie ma chambre et mon trône: car je veux qu'il dise partout que je suis vraiment la Belle aux Cheveux d'Or."

Voilà toutes ses femmes qui s'empressaient de la parer comme une reine; elles étaient si hâtées, qu'elles s'entrecognaient et n'avançaient guère. Enfin la princesse passa dans sa galerie aux grands miroirs, pour voir si rien ne lui manquait; et puis elle monta sur son trône d'or, d'ivoire et d'ébène, qui sentait comme baume; et elle commanda à ses filles de prendre des instruments, et de chanter tout doucement pour n'étourdir personne.

L'on conduisit Avenant dans la salle d'audience; il demeura si transporté d'admiration, qu'il a dit depuis bien des fois qu'il ne pouvait presque parler: néanmoins il prit courage, et fit sa harangue à merveille; il pria la princesse qu'il n'eût pas le déplaisir de s'en retourner sans elle. "Gentil Avenant, lui ditelle, toutes les raisons que vous venez de me conter sont fort bonnes, et je vous assure que je serais bien aise de vous favoriser plus qu'un autre. Mais il faut que vous sachiez qu'il y a un mois que je fus me promener sur la rivière avec toutes mes dames; et comme l'on me servit ma collation, en ôtant mon gant je tirai de mon doigt une bague, qui tomba par malheur dans la rivière: je la chérissais plus que mon royaume. Je vous laisse juger de quelle affliction cette perte fut suivie. J'ai fait serment de n'écouter jamais aucune proposition de mariage, que l'ambassadeur qui me proposera un époux ne me rapporte ma bague. Voyez à présent ce que vous avez à faire làdessus; car quand vous me parleriez quinze jours et quinze nuits, vous ne me persuaderiez pas de changer de sentiment."

Avenant demeura bien étonné de cette réponse; il lui fit une profonde révérence, et la pria de recevoir le petit chien, le panier et l'écharpe; mais elle lui répliqua qu'elle ne voulait point de présents, et qu'il songeât à ce qu'elle venait de lui dire.

Quand il fut retourné chez lui, il se coucha sans souper: et son petit chien, qui s'appelait Cabriole, ne voulut pas souper non plus: il vint se mettre auprès de lui.Tant que la nuit fut longue, Avenant ne cessa point de soupirer. "Où puisje prendre une bague tombée depuis un mois dans une grande rivière? disaitil: c'est toute folie de l'entreprendre. La princesse ne m'a dit cela que pour me mettre dans l'impossibilité de lui obéir." Il soupirait et s'affligeait trèsfort. Cabriole, qui l'écoutait, lui dit: "Mon cher maître, je vous prie, ne désespérez point de votre bonne fortune: vous êtes trop aimable pour n'être pas heureux. Allons, dès qu'il fera jour, au bord de la rivière." Avenant lui donna deux petits coups de la main, et ne répondit rien; mais, tout accablé de tristesse, il s'endormit.

Cabriole, voyant le jour, cabriola tant, qu'il l'éveilla, et lui dit: "Mon maître, habillezvous, et sortons." Avenant le voulut bien. Il se lève, s'habille, et descend dans le jardin, et du jardin il va insensiblement au bord de la rivière, où il se promenait son chapeau sur ses yeux et ses bras croisés l'un sur l'autre, ne pensant qu'à son départ; quand tout d'un coup il entendit qu'on l'appelait: "Avenant, Avenant!" Il regarde de tous côtés et ne voit personne; il crut rêver. Il continue sa promenade; on le rappelle: "Avenant, Avenant!Qui m'appelle?" ditil. Cabriole, qui était fort petit, et qui regardait de près dans l'eau, lui répliqua: "Ne me croyez jamais, si ce n'est une carpe dorée que j'aperçois." Aussitôt la grosse carpe paraît, et lui dit: "Vous m'avez sauvé la vie dans le pré des Aliziers, où je serais restée sans vous; je vous promis de vous le revaloir. Tenez, cher Avenant, voici la bague de la Belle aux Cheveux d'Or." Il se baissa, et la prit dans la gueule de ma commère la carpe, qu'il remercia mille fois.

Au lieu de retourner chez lui, il fut droit au palais avec le petit Cabriole, qui était bien aise d'avoir fait venir son maître au bord de l'eau. L'on alla dire à la princesse qu'il demandait à la voir: "Hélas! ditelle, le pauvre garçon, il vient prendre congé de moi; il a considéré que ce que je veux est impossible, et il va le dire à son maître." L'on fit entrer Avenant, qui lui présenta sa bague, et lui dit: "Madame la princesse, voilà votre commandement fait; vous plaîtil recevoir le roi mon maître pour époux?" Quand elle vit sa bague où il ne manquait rien, elle resta si étonnée, si étonnée, qu'elle croyait rêver. "Vraiment, ditelle, gracieux Avenant, il faut que vous soyez favorisé de quelque fée, car naturellement cela n'est pas possible."Madame, ditil, je n'en connais aucune, mais j'avais bien envie de vous obéir.Puisque vous avez si bonne volonté, continuatelle, il faut que vous me rendiez un autre service, sans lequel je ne me marierai jamais. Il y a un prince, qui n'est pas éloigné d'ici, appelé Galifron, lequel s'était mis dans l'esprit de m'épouser. Il me fit déclarer son dessein avec des menaces épouvantables, que si je le refusais il désolerait mon royaume. Mais jugez si je pouvais l'accepter: c'est un géant qui est plus haut qu'une haute tour; il mange un homme comme un singe mange un marron. Quand il va à la campagne, il porte dans ses poches de petits canons, dont il se sert au lieu de pistolets; et lorsqu'il parle bien haut, ceux qui sont près de lui deviennent sourds. Je lui mandai que je ne voulais point me marier, et qu'il m'excusât; cependant il n'a point laissé de me persécuter; il tue tous mes sujets, et avant toutes choses il faut vous battre contre lui, et m'apporter sa tête.

Avenant demeura un peu étourdi de cette proposition: il rêva quelque temps, et puis il dit: "Eh bien, madame, je combattrai Galifron; je crois que je serai vaincu; mais je mourrai en brave homme." La princesse resta bien étonnée: elle lui dit mille choses pour l'empêcher de faire cette entreprise. Cela ne servit de rien: il se retira pour aller chercher des armes et tout ce qu'il lui fallait. Quand il eut ce qu'il voulait, il remit le petit Cabriole dans son panier, il monta sur son beau cheval, et fut dans le pays de Galifron. Il demandait de ses nouvelles à ceux qu'il rencontrait, et chacun lui disait que c'était un vrai démon, dont on n'osait approcher: plus il entendait dire cela, plus il avait peur. Cabriole le rassurait, et lui disait: "Mon cher maître, pendant que vous vous battrez, j'irai lui mordre les jambes; il baissera la tête pour me chasser, et vous le tuerez." Avenant admirait l'esprit du petit chien; mais il savait assez que son secours ne suffirait pas.

Enfin il arriva proche du château de Galifron; tous les chemins étaient couverts d'os et de carcasses d'hommes qu'il avait mangés ou mis en pièces. Il ne l'attendit pas longtemps, qu'il le vit venir à travers un bois. Sa tête passait les plus grands arbres, et il chantait d'une voix épouvantable:

Où sont les petits enfants,
Que je les croque à belles dents?
Il m'en faut tant, tant, et tant,
Que le monde n'est suffisant.
Aussitôt Avenant se mit à chanter sur le même air:

Approche: voici Avenant,
Qui t'arrachera les dents.
Bien qu'il ne soit pas de plus grands,
Pour te battre il est suffisant.
Les rimes n'étaient pas bien régulières, mais il fit la chanson fort vite, et c'est même un miracle qu'il ne la fit pas plus mal; car il avait horriblement peur. Quand Galifron entendit ces paroles, il regarda de tous côtés, et il aperçut Avenant l'épée à la main, qui

lui dit deux ou trois injures pour l'irriter. Il n'en fallut pas tant, il se mit dans une colère effroyable; et, prenant une massue toute de fer, il aurait assommé du premier coup le gentil Avenant, sans un corbeau qui vint se mettre sur le haut de sa tête, et avec son bec lui donna si juste dans les yeux, qu'il les creva; son sang coulait sur son visage, il était comme un désespéré, frappant de tous côtés. Avenant l'évitait et lui portait de grands coups d'épée qu'il enfonçait jusqu'à la garde, et qui lui faisaient mille blessures, par où il perdit tant de sang, qu'il tomba. Aussitôt Avenant lui coupa la tête, bien ravi d'avoir été si heureux; et le corbeau, qui s'était perché sur un arbre, lui dit: "Je n'ai pas oublié le service que vous me rendîtes en tuant l'aigle qui me poursuivait; je vous promis de m'en acquitter, je crois l'avoir fait aujourd'hui.C'est moi qui vous dois tout, monsieur da Corbeau, répliqua Avenant; je demeure votre serviteur." Il monta aussitôt à cheval, chargé de l'épouvantable tête de Galifron.

Quand il arriva dans la ville, tout le monde le suivait, et criait: "Voici le brave Avenant, qui vient de tuer le monstre;" de sorte que la princesse, qui entendit bien du bruit, et qui tremblait qu'on ne lui vint apprendre la mort d'Avenant, n'osait demander ce qui lui était arrivé; mais elle vit entrer Avenant avec la tête du géant, qui ne laissa pas de lui faire encore peur, bien qu'il n'y est plus rien à craindre. "Madame, lui ditil, votre ennemi est mort; j'espère que vous ne refuserez plus le roi mon maître.Ah! si fait, dit la Belle aux Cheveux d'Or, je le refuserai si vous ne trouvez moyen, avant mon départ, de m'apporter de l'eau de la grotte ténébreuse. Il y a proche d'ici une grotte profonde qui a bien six lieues de tour; on trouve à l'entrée deux dragons qui empêchent qu'on n'y entre; ils ont du feu dans la gueule et dans les yeux; puis, lorsqu'on est dans la grotte, on trouve un grand trou dans lequel il faut descendre: il est plein de crapauds, de couleuvres et de serpents. Au fond de ce trou, il y a une petite cave où coule la fontaine de beauté et de santé: c'est de cette eau que je veux absolument. Tout ce qu'on en lave devient merveilleux; si l'on est belle, on demeure toujours belle; si on est laide, on devient belle; si l'on est jeune, on reste jeune; si l'on est vieille, on devient jeune. Vous jugez bien, Avenant, que je ne quitterai pas mon royaume sans en emporter."

Madame, lui ditil, vous êtes si belle, que cette eau vous est bien inutile; mais je suis un malheureux ambassadeur dont vous voulez la mort: je vais vous aller chercher ce que vous désirez, avec la certitude de n'en pouvoir revenir. La Belle aux Cheveux d'Or ne changea point de dessein, et Avenant partit avec le petit chien Cabriole, pour aller à la grotte ténébreuse chercher de l'eau de beauté. Tous ceux qu'il rencontrait sur le chemin disaient: "C'est une pitié de voir un garçon si aimable s'aller perdre de gaieté de coeur; il va seul à la grotte, et quand il irait lui centième, il n'en pourrait venir à bout Pourquoi la princesse ne veutelle que des choses impossibles?" Il continuait de marcher, et ne disait pas un mot; mais il était bien triste.

Il arriva vers le haut d'une montagne, où il s'assit pour se reposer un peu, et il laissa paître son cheval et courir Cabriole après des mouches. Il savait que la grotte ténébreuse n'était pas loin de là, il regardait s'il ne la verrait point; enfin il aperçut un vilain rocher noir comme de l'encre, d'où sortait une grosse fumée, et au bout d'un moment un des dragons qui jetait du feu par les yeux et par la gueule: il avait le corps jaune et vert, des griffes et une longue queue qui faisait plus de cent tours. Cabriole vit tout cela; il ne savait où se cacher, tant il avait peur.

Avenant, tout résolu de mourir, tira son épée, et descendit avec une fiole que la Belle aux Cheveux d'Or lui avait donnée pour la remplir de l'eau de beauté. Il dit à son petit chien Cabriole: "C'est fait de moi! je ne pourrai jamais avoir de cette eau qui est gardée par des dragons: quand je serai mort, remplis la fiole de mon sang, et la porte à la princesse, pour qu'elle voie ce qu'elle me coûte; et puis va trouver le roi mon maître, et lui conte mon malheur." Comme il parlait ainsi, il entendit qu'on l'appelait: "Avenant, Avenant!" Il dit: "Qui m'appelle?" et il vit un hibou dans le trou d'un vieux arbre, qui lui dit: "Vous m'avez retire du filet des chasseurs où j'étais pris, et vous me sauvâtes la vie; je vous promis que je vous le revaudrais; en voici le temps. Donnezmoi votre fiole: je sais tous les chemins de la grotte ténébreuse, je vais vous quérir l'eau de beauté." Dame! qui fut bien aise? je vous le laisse à penser. Avenant lui donna vite sa fiole, et le hibou entra sans nul empêchement dans la grotte. En moins d'un quart d'heure, il revint rapporter la bouteille bien bouchée. Avenant fut ravi, le remercia de tout son coeur; et remontant la montagne, il prit le chemin de la ville bien joyeux.

Il alla droit au palais; il présenta la fiole à la Belle aux Cheveux d'Or, qui n'eut plus rien à dire: elle remercia Avenant, et donna ordre à tout ce qu'il lui fallait pour partir; puis elle se mit en voyage avec lui. Elle le trouvait bien aimable, et elle lui disait quelquefois: "Si vous aviez voulu, je vous aurais fait roi; nous ne serions point partis de mon royaume." Mais il répondit: "Je ne voudrais pas faire un si grand déplaisir à mon maître pour tous les royaumes de la terre, quoique je vous trouve plus belle que le soleil."

Enfin, ils arrivèrent à la grande ville du roi, qui, sachant que la Belle aux Cheveux d'Or venait, alla audevant d'elle, et lui fit les plus beaux présents du monde. Il l'épousa avec tant de réjouissances, que l'on ne parlait d'autre chose; mais la Belle aux Cheveux d'Or, qui aimait Avenant dans le fond de son coeur, n'était bien aise que quand elle le voyait, et elle le louait toujours. "Je ne serais point venue sans Avenant, disaitelle au roi; il a fallu qu'il ait fait des choses impossibles pour mon service: vous lui devez être obligé; il m'a donné de l'eau de beauté, je ne vieillirai jamais, je serai toujours belle."

Les envieux qui écoutaient la reine dirent au roi: "Vous n'êtes point jaloux, et vous avez sujet de l'être: la reine aime si fort Avenant, qu'elle en perd le boire et le manger; elle ne fait que parler de lui, et des obligations que vous lui avez, comme si tel autre que vous auriez envoyé n'en eût pas fait autant." Le roi dit: "Vraiment, je m'en avise; qu'on aille le mettre dans la tour avec les fers aux pieds et aux mains." L'on prit Avenant, et, pour sa récompense d'avoir si bien servi le roi, on l'enferma dans la tour avec les fers aux pieds et aux mains. Il ne voyait personne que le geôlier, qui lui jetait un morceau de pain noir par un trou; et de l'eau dans une écuelle de terre. Pourtant son petit chien Cabriole ne le quittait point, il le consolait, et venait lui dire toutes les nouvelles.

Quand la Belle aux Cheveux d'Or sut sa disgrâce, elle se jeta aux pieds du roi, et, toute en pleurs, elle le pria de faire sortir Avenant de prison. Mais plus elle le priait, plus il se fâchait; songeant, c'est qu'elle l'aime; et il n'en voulut rien faire; elle n'en parla plus: elle était bien triste.

Le roi s'avisa qu'elle ne le trouvait peutêtre pas assez beau; il eut envie de se frotter le visage avec de l'eau de beauté, afin que la reine l'aimât plus qu'elle ne faisait. Cette eau était dans la fiole sur le bord de la cheminée de la chambre de la reine: elle l'avait mise là pour la regarder plus souvent: mais une de ses femmes de chambre, voulant tuer une araignée avec un balai, jeta par malheur la fiole par terre, qui se cassa, et toute l'eau fut perdue. Elle balaya vitement, et, ne sachant que faire, elle se souvint qu'elle avait vu dans le cabinet du roi une fiole toute semblable, pleine d'eau claire comme était l'eau de beauté; elle la prit adroitement sans rien dire, et la porta sur la cheminée de la reine.

L'eau qui était dans le cabinet du roi servait à faire mourir les princes et les grands seigneurs quand ils étaient criminels; au lieu de leur couper la tête ou de les pendre, on leur frottait le visage de cette eau: ils s'endormaient, et ne se réveillaient plus. Un soir donc, le roi prit la fiole, et se frotta bien le visage; puis il s'endormit et mourut. Le petit chien Cabriole l'apprit des premiers, et ne manqua pas de l'aller dire à Avenant, qui lui dit d'aller trouver la Belle aux Cheveux d'Or, et de la faire souvenir du pauvre prisonnier.

Cabriole se glissa doucement dans la presse; car il y avait grand bruit à la cour pour la mort du roi. Il dit à la reine: "Madame, n'oubliez pas le pauvre Avenant." Elle se souvint aussitôt des peines qu'il avait souffertes à cause d'elle et de sa grande fidélité. Elle sortit sans parler à personne, et fut droit à la tour, où elle ôta ellemême les fers des pieds et des mains d'Avenant; et, lui mettant une couronne d'or sur la tête, et le manteau royal sur ses épaules, elle lui dit: "Venez, aimable Avenant, je vous fais roi, et vous prends pour mon époux." Il se jeta à ses pieds et la remercia. Chacun fut ravi de l'avoir pour maître. Il se fit la plus belle noce du monde, et la Belle aux Cheveux d'Or vécut longtemps avec le bel Avenant, tous deux heureux et satisfaits.

LE PRINCE CHÉRI.

Il y avait une fois un roi qui était si honnête homme que ses sujets l'appelaient le Roi bon. Un jour qu'il était à la chasse, un petit lapin que les chiens allaient tuer se jeta dans ses bras. Le roi caressa ce petit lapin et dit: Puisqu'il s'est mis sous ma protection, je ne veux pas qu'on lui fasse du mal. Il porta ce petit lapin dans son palais, et il lui fit donner une jolie petite maison, et de bonnes herbes à manger. La nuit, quand il fut seul dans sa chambre, il vit paraître une belle dame: elle n'avait point d'habits d'or et d'argent; mais sa robe était blanche comme la neige; et au lieu de coiffure, elle avait une couronne de roses blanches sur la tête. Le bon roi fut bien étonné de voir cette dame; car sa porte était fermée, et il ne savait pas comment elle était entrée. Elle lui dit: Je suis la fée Candide; je passais dans le bois pendant que vous chassiez; et j'ai voulu savoir si vous étiez bon, comme tout le monde le dit. Pour cela, j'ai pris la figure d'un petit lapin, et je me suis sauvée dans vos bras; car je sais que ceux qui ont de la pitié pour les bêtes en ont encore plus pour les hommes; et si vous m'aviez refusé votre secours, j'aurais cru que vous étiez méchant. Je viens vous remercier du bien que vous m'avez fait, et vous assurer que je serai toujours de vos amies. Vous n'avez qu'à me demander tout ce que vous voudrez, je vous promets de vous l'accorder.

Madame, dit le bon roi, puisque vous êtes une fée, vous devez savoir tout ce que je souhaite. Je n'ai qu'un fils, que j'aime beaucoup, et pour cela, on l'a nommé le prince Chéri: si vous avez quelque bonté pour moi, devenez la bonne amie de mon fils. De bon coeur, lui dit la fée; je puis rendre votre fils le plus beau prince du monde, ou le plus riche, ou le plus puissant; choisissez ce que vous voudrez pour lui. Je ne désire rien de tout cela pour mon fils, répondit le bon roi; mais je vous serai bien obligé si vous voulez le rendre le meilleur de tous les princes. Que lui serviraitil d'être beau, riche, d'avoir tous les royaumes du monde, s'il était méchant? Vous savez bien qu'il serait malheureux, et qu'il n'y a que la vertu qui puisse le rendre content. Vous avez bien raison, lui dit Candide; mais il n'est pas en mon pouvoir de rendre le prince Chéri honnête homme malgré lui; il faut qu'il travaille luimême à devenir vertueux. Tout ce que je puis vous promettre, c'est de lui donner de bons conseils, de le reprendre de ses fautes, et de le punir, s'il ne veut pas se corriger et se punir luimême.

Le bon roi fut fort content de cette promesse, et il mourut peu de temps après. Le prince Chéri pleura beaucoup son père, car il l'aimait de tout son coeur, et il aurait donné tous ses royaumes, son or, et son argent, pour le sauver: mais cela n'était pas possible. Deux jours après la mort du bon roi, Chéri étant couché, Candide lui apparut. J'ai promis à votre père, lui ditelle, d'être de vos amies, et pour tenir ma parole, je viens vous faire un présent. En même temps elle mit au doigt de Chéri une petite bague d'or, et lui dit: Gardez bien cette bague, elle est plus précieuse que les diamants: toutes les fois que vous ferez une mauvaise action, elle vous piquera le doigt; mais si, malgré sa piqûre, vous continuez cette mauvaise action, vous perdrez mon amitié, et je deviendrai votre ennemie. En finissant ces paroles, Candide disparut, et laissa Chéri fort étonné. Il fut quelque temps si sage, que la bague ne le piquait point du tout; et cela le rendait si content, qu'on ajouta au nom de Chéri, qu'il portait, celui d'Heureux. Quelques temps après, il alla à la chasse, et il ne prit rien, ce qui le mit de mauvaise humeur: il lui sembla alors que sa bague lui pressait un peu le doigt; mais comme elle ne le piquait pas, il n'y fit pas beaucoup d'attention. En rentrant dans sa chambre, sa petite chienne Bibi vint à lui en sautant pour le caresser: il lui dit: Retiretoi; je ne suis plus d'humeur de recevoir tes caresses. La pauvre petite chienne, qui ne l'entendait pas, le tirait par son habit pour l'obliger à la regarder au moins. Cela impatienta Chéri, qui lui donna un grand coup de pied. Dans le moment la bague le piqua, comme si c'eût été une épingle: il fut bien étonné, et s'assit tout honteux dans un coin de sa chambre. Il disait en luimême: Je crois que la fée se moque de moi; quel grand mal aije fait pour donner un coup de pied à un animal qui m'importune? à quoi me sert d'être maître d'un grand empire, puisque je n'ai pas la liberté de battre mon chien?

Je ne me moque pas de vous, dit une voix qui répondait à la pensée de Chéri; vous avez fait trois fautes, au lieu d'une. Vous avez été de mauvaise humeur parce que vous n'aimez pas à être contredit, et que vous croyez que les bêtes et les hommes sont faits pour obéir. Vous vous êtes mis en colère, ce qui est fort mal: et puis, vous avez été cruel à un pauvre animal qui ne méritait pas d'être maltraité. Je sais que vous êtes beaucoup audessus d'un chien; mais si c'était une chose raisonnable et permise, que les grands pussent maltraiter tout ce qui est audessous d'eux, je pourrais à ce moment vous battre, vous tuer; puisqu'une fée est plus qu'un homme. L'avantage d'être maître d'un grand empire ne consiste pas à pouvoir faire le mal qu'on veut, mais tout le bien qu'on peut. Chéri avoua sa faute, et promit de se corriger; mais il ne tint pas sa parole. Il avait été élevé par une sotte nourrice, qui l'avait gâté quand il était petit. S'il voulait avoir une chose, il n'avait qu'à pleurer, se dépiter, frapper du pied; cette femme lui donnait tout ce qu'il demandait, et cela l'avait rendu opiniâtre. Elle lui dit aussi, depuis le matin jusqu'au soir, qu'il serait roi un jour, et que les rois étaient fort heureux, parce que tous les hommes devaient leur obéir, les respecter, et qu'on ne pouvait pas les empêcher de faire ce qu'ils voulaient. Quand Chéri avait été grand garçon et raisonnable, il avait bien reconnu qu'il n'y avait rien de si vilain que d'être fier, orgueilleux, opiniâtre. Il avait fait quelques efforts pour se corriger; mais il avait pris la mauvaise habitude de tous ces défauts; et une mauvaise habitude est bien difficile à détruire. Ce n'est pas qu'il eût naturellement le coeur méchant. Il pleurait de dépit quand il avait fait une faute, et il disait: Je suis bien malheureux d'avoir à combattre tous les jours contre ma colère et mon orgueil; si on m'avait corrigé quand j'étais jeune, je n'aurais pas tant de peine aujourd'hui. Sa bague le piquait bien souvent; quelquefois il s'arrêtait tout court; d'autres fois il continuait, et ce qu'il y avait de singulier, c'est qu'elle ne le piquait qu'un peu pour une légère faute; mais quand il était méchant, le sang sortait de son doigt. A la fin cela l'impatienta, et voulant être mauvais tout à son aise, il jeta sa bague. Il se crut le plus heureux de tous les hommes quand il se fut débarrassé de ses piqûres. Il s'abandonna à toutes les sottises qui lui venaient dans l'esprit; en sorte qu'il devint trèsméchant, et que personne ne pouvait plus le souffrir.

Un jour que Chéri était à la promenade, il vit une fille qui était si belle, qu'il résolut de l'épouser. Elle se nommait Zélie, et elle était aussi sage que belle. Chéri crut que Zélie se croirait fort heureuse de devenir une grande reine; mais cette fille lui dit avec beaucoup de liberté: Sire, je ne suis qu'une bergère, je n'ai point de fortune; mais malgré cela, je ne vous épouserai jamais. Estce que je vous déplais? lui demanda Chéri un peu ému. Non, mon prince, lui répondait Zélie. Je vous trouve tel que vous êtes, c'estàdire fort beau; mais que me serviraient votre beauté, vos richesses, les beaux habits, les carrosses magnifiques que vous me donneriez, si les mauvaises actions que je vous verrais faire chaque jour me forçaient à vous mépriser et à vous haïr? Chéri se mit fort en colère contre Zélie, et commanda à ses officiers de la conduire de force dans son palais. Il fut occupé toute la journée du mépris que cette fille lui avait montré; mais comme il l'aimait, il ne pouvait se résoudre à la maltraiter. Parmi les favoris de Chéri, il y avait son frère de lait, auquel il avait donné toute sa confiance: cet homme, qui avait les inclinations aussi basses que sa naissance, flattait les passions de son maître, et lui donnait de fort mauvais conseils. Comme il vit Chéri fort triste, il lui demanda le sujet de son chagrin: le prince lui ayant répondu qu'il ne pouvait souffrir le mépris de Zélie, et qu'il était résolu de se corriger de ses défauts, puisqu'il fallait être vertueux pour lui plaire, ce méchant homme lui dit: Vous êtes bien bon, de vouloir vous gêner pour une petite fille; si j'étais à votre place, ajoutatil, je la forcerais bien à m'obéir. Souvenezvous que vous êtes roi, et qu'il serait honteux de vous soumettre aux volontés d'une bergère, qui serait trop heureuse d'être reçue parmi vos esclaves. Faitesla jeûner au pain et à l'eau; mettezla dans une prison, et si elle continue à ne vouloir pas vous épouser, faitesla mourir dans les tourments, pour apprendre aux autres à céder à vos volontés. Vous serez déshonoré si l'on sait qu'une fille vous résiste; et tous vos sujets oublieront qu'ils ne sont au monde que pour vous servir. Mais, dit Chéri, ne seraisje pas déshonoré, si je fais mourir une innocente? car, enfin, Zélie n'est coupable d'aucun crime. On n'est point innocent quand on refuse d'exécuter vos volontés, reprit le confident: mais je suppose que si vous commettiez une injustice, il vaut bien mieux qu'on vous en accuse que d'apprendre qu'il est quelquefois permis de vous manquer de respect et de vous contredire. Le courtisan prenait Chéri par son faible; et la crainte de voir diminuer son autorité fit tant d'impression sur le roi, qu'il étouffa le bon mouvement qui lui avait donné envie de se corriger. Il résolut d'aller le soir même dans la chambre de la bergère, et de la maltraiter si elle continuait à refuser de l'épouser. Le frère de lait de Chéri, qui craignait encore quelques bons mouvements, rassembla trois jeunes seigneurs, aussi méchants que lui, pour faire la débauche avec le roi; ils soupèrent ensemble, et ils eurent soin d'achever de troubler le raison de ce pauvre prince en le faisant boire beaucoup. Pendant le souper ils excitèrent sa colère contre Zélie, et lui firent tant de honte de la faiblesse qu'il avait eue pour elle, qu'il se leva comme un furieux, en jurant qu'il allait la faire obéir, ou qu'il la ferait vendre le lendemain comme une esclave.

Chéri étant entré dans la chambre où était cette fille, fut bien surpris de ne la pas trouver; car il avait la clef dans sa poche. Il était dans une colère épouvantable, et jurait de se venger sur tous ceux qu'il soupçonnerait d'avoir aidé Zélie à s'échapper. Ses confidents, l'entendant parler ainsi, résolurent de profiter de sa colère pour perdre un seigneur, qui avait été gouverneur de Chéri. Cet honnête homme avait pris quelquefois la liberté d'avertir le roi de ses défauts; car il l'aimait comme si c'eût été son fils. D'abord Chéri le remerciait; ensuite il s'impatienta d'être contredit, et puis il pensa que c'était par esprit de contradiction que son gouverneur lui trouvait des défauts, pendant que tout le monde lui donnait des louanges. Il lui commanda donc de se retirer de la cour; mais, malgré cet ordre, il disait de temps en temps que c'était un honnête homme, qu'il ne l'aimait plus, mais qu'il l'estimait, malgré luimême. Les confidents craignaient toujours qu'il ne prît fantaisie au roi de rappeler son gouverneur, et ils crurent avoir trouvé une occasion favorable pour se débarrasser de lui. Ils firent entendre au roi que Suliman (c'était le nom de ce digne homme) s'était vanté de rendre la liberté à Zélie: trois hommes corrompus par des présents dirent qu'ils avaient ouï tenir ce discours à Suliman; et le prince, transporté de colère, commanda à son frère de lait d'envoyer des soldats pour lui amener son gouverneur, enchaîné comme un criminel. Après avoir donné ces ordres, Chéri se retira dans sa chambre: mais, à peine futil entré, que la terre trembla; il se fit un grand coup de tonnerre, et Candide parut à ses yeux. J'avais promis à votre père, lui ditelle d'un ton sévère, de vous donner des conseils, et de vous punir si vous refusiez de les suivre: vous les avez méprisés ces conseils: vous n'avez conservé que la figure d'homme, et vos crimes vous ont changé en un monstre, l'horreur du ciel et de la terre. Il est temps que j'achève de satisfaire à ma promesse en vous punissant. Je vous condamne à devenir semblable aux bêtes, dont vous avez pris les inclinations. Vous vous êtes rendu semblable au lion par la colère, au loup par la gourmandise, au serpent en déchirant celui qui avait été votre second père, au taureau par votre brutalité. Portez dans votre nouvelle figure le caractère de tous ces animaux. A peine la fée avaitelle achevé ces paroles, que Chéri se vit avec horreur tel qu'elle l'avait souhaité. Il avait la tête d'un lion, les cornes d'un taureau, les pieds d'un loup, et la queue d'une vipère. En même temps, il se trouva dans une grande forêt, sur le bord d'une fontaine, où il vit son horrible figure, et il entendit une voix qui lui dit: Regarde attentivement l'état où tu t'es réduit par tes crimes. Ton âme est devenue mille fois plus affreuse que ton corps. Chéri reconnut la voix de Candide, et dans sa fureur, il se retourna, pour s'élancer sur elle, et la dévorer, s'il lui eût été possible; mais il ne vit personne, et la même voix lui dit: Je me moque de ta faiblesse et de ta rage. Je vais confondre ton orgueil en te mettant sous la puissance de tes propres sujets.

Chéri pensa qu'en s'éloignant de cette fontaine, il trouverait du remède à ces maux, puisqu'il n'aurait point devant les yeux sa laideur et sa difformité: il s'avançait donc dans le bois; mais à peine y eutil fait quelques pas, qu'il tomba dans un trou, qu'on avait fait pour prendre les ours: en même temps, des chasseurs qui étaient cachés sur des arbres descendirent, et, l'ayant enchaîné, le conduisirent dans la ville capitale de son royaume. Pendant le chemin, au lieu de reconnaître qu'il s'était attiré ce châtiment par sa faute, il maudissait la fée, il mordait ses chaînes, et s'abandonnait à la rage. Lorsqu'il approcha de la ville où on le conduisait, il vit de grandes réjouissances; et les chasseurs ayant demandé ce qui était arrivé de nouveau, on leur dit que le prince Chéri, qui ne se plaisait qu'à tourmenter son peuple, avait été écrasé dans sa chambre par un coup de tonnerre; car on le croyait ainsi. Les dieux, ajoutaton, n'ont pu supporter l'excès de ses méchancetés, ils en ont délivré la terre. Quatre seigneurs, complices de ces crimes, croyaient en profiter et partager son empire entre eux: mais, le peuple, qui savait que c'étaient leurs mauvais conseils qui avaient gâté le roi, les a mis en pièces, et a été offrir la couronne à Suliman, que le méchant Chéri voulait faire mourir. Ce digne seigneur vient d'être couronné, et nous célébrons ce jour comme celui de la délivrance du royaume; car il est vertueux, et va ramener parmi nous la paix et l'abondance. Chéri soupirait de rage en écoutant ce discours; mais ce fut bien pis lorsqu'il arriva dans la grande place qui était devant son palais. Il vit Suliman sur un trône superbe, et tout le peuple qui lui souhaitait une longue vie, pour réparer tout le mal qu'avait fait son prédécesseur. Suliman fit signe de la main pour demander silence, et il dit au peuple: J'ai accepté la couronne que vous m'avez offerte, mais c'est pour la conserver au prince Chéri: il n'est point mort, comme vous le croyez, une fée me l'a révélé, et peutêtre qu'un jour vous le reverrez vertueux, comme il était dans ses premières années. Hélas! continuatil en versant des larmes, les flatteurs l'avaient séduit. Je connaissais son coeur, il était fait pour la vertu: et sans les discours empoisonnés de ceux qui l'approchaient, il eût été votre père à tous. Détestez ses vices; mais plaignezle, et prions tous ensemble les dieux qu'ils nous le rendent Pour moi, je m'estimerais trop heureux d'arroser ce trône de mon sang si je pouvais l'y voir remonter avec des dispositions propres à le lui faire remplir dignement.

Les paroles de Suliman allèrent jusqu'au coeur de Chéri. Il connut alors combien l'attachement et la fidélité de cet homme, avaient été sincères, et se reprocha ses crimes pour la première fois. A peine eutil écouté ce bon mouvement, qu'il sentit calmer la rage dont il était animé: il réfléchit sur tous les crimes de sa vie, et trouva qu'il n'était pas puni aussi rigoureusement qu'il l'avait mérité. Il cessa donc de se débattre dans sa cage de fer, où il était enchaîné, et devint doux comme un mouton. On le conduisit dans une grande maison où l'on gardait tous les monstres et les bêtes féroces, et on l'attacha avec les autres.

Chéri, alors, prit la résolution de commencer à réparer ses fautes, en se montrant bien obéissant à l'homme qui le gardait. Cet homme était un brutal, et quoique le monstre fût fort doux, quand il était de mauvaise humeur, il le battait sans rime ni raison. Un jour que cet homme s'était endormi, un tigre, qui avait rompu sa chaîne, se jeta sur lui pour le dévorer: d'abord Chéri sentit un mouvement de joie, de voir qu'il allait être délivré de son persécuteur; mais aussitôt il condamna ce mouvement, et souhaita d'être libre. Je rendrais, ditil, le bien pour le mal en sauvant la vie de ce malheureux. A peine eutil formé ce souhait, qu'il vit sa cage de fer ouverte: il s'élança aux côtés de cet homme, qui s'était réveillé, et qui se défendait contre le tigre. Le gardien se crut perdu lorsqu'il vit le monstre; mais sa crainte fut bientôt changée en joie: ce monstre bienfaisant se jeta sur le tigre, l'étrangla, et se coucha ensuite aux pieds de celui qu'il venait de sauver. Cet homme, pénétré de reconnaissance, voulut se baisser pour caresser le monstre qui lui avait rendu un si grand service; mais il entendit une voix qui disait: Une bonne action ne demeure point sans récompense; et en même temps il ne vit plus qu'un joli chien à ses pieds. Chéri, charmé de sa métamorphose, fit mille caresses à son gardien, qui le prit entre ses bras, et le porta au roi, auquel il raconta cette merveille. La reine voulut avoir le chien, et Chéri se fût trouvé heureux dans sa nouvelle condition, s'il eût pu oublier qu'il était homme et roi. La reine l'accablait de caresses; mais, dans la peur qu'elle avait qu'il ne devînt plus grand qu'il n'était, elle consulta ses médecins, qui lui dirent qu'il ne fallait le nourrir que de pain, et ne lui en donner qu'une certaine quantité. Le pauvre Chéri mourait de faim la moitié de la journée; mais il fallait prendre patience.

Un jour, qu'on venait de lui donner son petit pain pour déjeûner, il lui prit fantaisie d'aller le manger dans le jardin du palais; il le prit dans sa gueule, et marcha vers un canal qu'il connaissait, et qui était un peu éloigné: mais il ne trouva plus ce canal, et vit à la place une grande maison, dont les dehors brillaient d'or et de pierreries. Il y voyait entrer une grande quantité d'hommes et de femmes magnifiquement habillés; on chantait, on dansait dans cette maison, on y faisait bonne chère, mais tous ceux qui en sortaient étaient pâles, maigres, couverts de plaies, et presque tous nus, car leurs habits étaient déchirés par lambeaux. Quelquesuns tombaient morts en sortant, sans avoir la force de se traîner plus loin; d'autres s'éloignaient avec beaucoup de peine; d'autres restaient couchés contre terre, mourant de faim; ils demandaient un morceau de pain à ceux qui entraient dans cette maison; mais ils ne les regardaient pas seulement. Chéri s'approcha d'une jeune fille, qui tâchait d'arracher des herbes pour les manger: touché de compassion, le prince dit en luimême: J'ai bon appétit, mais je ne mourrai pas de faim jusqu'au temps de mon dîner; si je sacrifiais mon déjeûner à cette pauvre créature, peutêtre lui sauveraisje la vie. Il résolut de suivre ce bon mouvement, et mit son pain dans la main de cette fille, qui le porta à sa bouche avec avidité. Elle parut bientôt entièrement remise, et Chéri, ravi de joie de l'avoir secourue si à propos, pensait à retourner au palais, lorsqu'il entendit de grands cris; c'était Zélie entre les mains de quatre hommes, qui l'entraînaient vers cette belle maison, où ils la forcèrent d'entrer.

Chéri regretta alors sa figure de monstre, qui lui aurait donné les moyens de secourir Zélie; mais, faible chien, il ne put qu'aboyer contre ses ravisseurs, et s'efforça de les suivre. On le chassa à coups de pied, et il résolut de ne point quitter ce lieu, pour savoir ce que deviendrait Zélie. Il se reprochait les malheurs de cette belle fille. Hélas! disaitil en luimême, je suis irrité contre ceux qui l'enlèvent; n'aije pas commis le même crime? et si la justice des dieux n'avait prévenu mon attentat, ne l'auraisje pas traitée avec autant d'indignité?

Les réflexions de Chéri furent interrompues par un bruit qui se faisait audessus de sa tête. Il vit qu'on ouvrait une fenêtre, et sa joie fut extrême lorsqu'il aperçut Zélie qui jetait par cette fenêtre un plat plein de viandes si bien apprêtées qu'elles donnaient appétit à voir. On referma la fenêtre aussitôt, et Chéri, qui n'avait pas mangé de toute la journée, crut qu'il devait profiter de l'occasion. Il allait donc manger de ces viandes, lorsque la jeune fille à laquelle il avait donné son pain jeta un cri, et l'ayant pris dans ses bras: Pauvre petit animal, lui ditelle, ne touche point à ces viandes: cette maison est le palais de la volupté, tout ce qui en sort est empoisonné. En même temps, Chéri entendit une voix qui disait: Tu vois qu'une bonne action ne demeure point sans récompense. Et aussitôt il fut changé en un beau petit pigeon blanc. Il se souvint que cette couleur était celle de Candide, et commença à espérer qu'elle pourrait enfin lui rendre ses bonnes grâces. Il voulut d'abord s'approcher de Zélie, et, s'étant élevé en l'air, il vola tout autour de la maison, et vit avec joie qu'il y avait une fenêtre ouverte: mais il eut beau parcourir toute la maison, il n'y trouva point Zélie, et, désespéré de sa perte, il résolut de ne point s'arrêter qu'il ne l'eût rencontrée. Il vola pendant plusieurs jours, et étant entré dans un désert, il vit une caverne, de laquelle il s'approcha. Quelle fut sa joie! Zélie y était assise à côté d'un vénérable ermite, et prenait avec lui un frugal repas. Chéri, transporté, vola sur l'épaule de cette charmante bergère, et exprimait, par ses caresses, le plaisir qu'il avait de la voir. Zélie, charmée de la douceur de ce petit animal, le flattait doucement avec la main: et quoiqu'elle crût qu'il ne pouvait l'entendre, elle lui dit qu'elle acceptait le don qu'il lui faisait de luimême, et qu'elle l'aimerait toujours. Qu'avez vous fait, Zélie? lui dit l'ermite; vous venez d'engager votre foi. Oui, charmante bergère, lui dit Chéri, qui reprit à ce moment sa forme naturelle, la fin de ma métamorphose était attachée au consentement que vous donneriez à notre union. Vous m'avez promis de m'aimer toujours, confirmez mon bonheur, ou je vais conjurer la fée Candide, ma protectrice, de me rendre la figure sous laquelle j'ai eu le bonheur de vous plaire. Vous n'avez point à craindre son inconstance lui dit Candide, qui, quittant la forme de l'ermite, sous laquelle elle s'était cachée, parut à leurs yeux telle qu'elle était en effet. Zélie vous aima aussitôt qu'elle vous vit; mais vos vices la contraignirent à vous cacher le penchant que vous lui aviez inspiré. Le changement de votre coeur lui donne la liberté de se livrer à toute sa tendresse. Vous allez vivre heureux, puisque votre union sera fondée sur la vertu.

Chéri et Zélie s'étaient jetés aux pieds de Candide. Le prince ne pouvait se laisser de la remercier de ses bontés, et Zélie, enchantée d'apprendre que le Prince détestait ses égarements, lui confirmait l'aveu de sa tendresse. Levezvous, mes enfants, leur dit la fée, je vais vous transporter dans votre palais, pour rendre à Chéri une couronne de laquelle ses vices l'avaient rendu indigne. A peine eutelle cessé de parler, qu'ils se trouvèrent dans la chambre de Suliman, qui, charmé de revoir son cher maître devenu vertueux, lui abandonna le trône, et resta le plus fidèle de ses sujets. Chéri régna longtemps avec Zélie, et on dit qu'il s'appliqua tellement à ses devoirs, que la bague qu'il avait reprise ne le piqua pas une seule fois jusqu'au sang.

<h1 style="text-align:center">FATAL ET FORTUNÉ.</h1>

Il y avait une fois une reine qui eut deux petits garçons parfaitement beaux. Une fée, qui était bonne amie de la reine, avait été priée d'être la marraine de ces princes, et de leur faire quelque don.

Je doue l'aîné, ditelle, de toutes sortes de malheurs jusqu'à l'âge de vingtcinq ans, et je le nomme Fatal.

A ces paroles, la reine jeta de grands cris! et conjura la fée de changer ce don.

Vous ne savez ce que vous demandez, ditelle à la reine; s'il n'est pas malheureux, il sera méchant.

La reine n'osa rien dire, mais elle pria la fée de lui laisser choisir un don pour son second fils.

Peutêtre choisirezvous tout de travers, répondit la fée; mais n'importe, je veux bien lui accorder ce que vous me demanderez pour lui.

Je souhaite, dit la reine, qu'il réussisse toujours dans tout ce qu'il entreprendra; c'est le moyen de le rendre parfait.

Vous pourriez vous tromper, dit la fée; ainsi je ne lui accorde ce don que jusqu'à vingtcinq ans.

On donna des nourrices aux deux petits princes; mais, dès le troisième jour, la nourrice du prince aîné eut la fièvre, on lui en donna une autre qui se cassa la jambe en tombant, et, le bruit s'étant répandu que le prince portait malheur à ses nourrices, personne ne voulait plus le nourrir ni s'approcher de lui. Ce pauvre enfant, qui avait faim, criait et ne faisait pourtant pitié à personne. Une grosse paysanne, mère d'un grand nombre d'enfants qu'elle avait beaucoup de peine à nourrir, dit qu'elle aurait soin de lui si on voulait lui donner une grosse somme d'argent. Le roi et la reine donnèrent à la nourrice ce qu'elle demandait, et lui dirent de le porter à son village.

Le second prince, qu'on avait nommé Fortuné, venait, au contraire, à merveille. Ses parents l'aimaient à la folie, et ne pensaient pas seulement à l'aîné. La méchante femme à qui on l'avait donné ne fut pas plutôt chez elle qu'elle lui ôta les beaux langes dont il était enveloppé pour les donner à un de ses fils qui était de l'âge de Fatal; et, ayant enveloppé le pauvre prince dans une mauvaise jupe, elle le porta dans un bois où il y avait des bêtes sauvages, et le mit dans un trou avec trois petits lions pour qu'il fût mangé. Mais la mère de ces lions ne lui fit point de mal, et, au contraire, elle le nourrit ce qui le rendit si fort, qu'il courait tout seul au bout de six mois. Cependant le fils de la nourrice, qu'elle faisait passer pour le prince, mourut, et le roi et la reine le crurent, et Fatal resta dans le bois jusqu'à l'âge de deux ans, où un seigneur de la cour, qui allait à la chasse, fut tout étonné de le trouver au milieu des bêtes. Il en eut pitié, l'emporta dans sa maison, et, ayant appris qu'on cherchait un enfant pour tenir compagnie à Fortuné, il présenta Fatal à la reine. On donna un maître à Fortuné pour lui apprendre à lire, mais on recommanda au maître de ne le point faire pleurer. Le jeune prince, qui avait entendu cela, pleurait toutes les fois qu'il prenait son livre; en sorte qu'à cinq ans il ne connaissait pas ses lettres, au lieu que Fatal lisait parfaitement et savait déjà écrire. Pour faire peur au prince, on commanda au maître de fouetter Fatal toutes les fois que Fortuné manquerait à son devoir. Ainsi Fatal avait beau s'appliquer à être sage, cela ne l'empêchait pas d'être battu; d'ailleurs Fortuné était si volontaire et si méchant, qu'il maltraitait toujours son frère, qu'il ne connaissait pas. Si on lui donnait une pomme, un jouet, Fortuné le lui arrachait des mains: il le faisait taire quand il voulait parler; il l'obligeait à parler quand il voulait se taire. En un mot, c'était un petit martyr dont personne n'avait pitié. Ils vécurent ainsi jusqu'à dix ans, et la reine était fort surprise de l'ignorance de son fils.

La fée m'a trompée, disaitelle, je croyais que mon fils serait le plus savant de tous les princes, puisque j'ai souhaité qu'il réussît dans tout ce qu'il voudrait entreprendre.

Elle fut consulter la fée sur cela, qui lui dit:

Madame, il fallait souhaiter à votre fils de la bonne volonté plutôt que des talents; il ne veut qu'être bien méchant, il y réussit, comme vous le voyez.

Après avoir dit ces paroles à la reine, elle lui tourna le dos. Cette pauvre princesse, fort affligée, retourna à son palais. Elle voulut gronder Fortuné pour l'obliger à mieux faire; mais, au lieu de lui promettre de se corriger, il dit que si on le chagrinait il se laisserait mourir de faim. Alors la reine, tout effrayée, le prit sur ses genoux, le baisa, lui donna des bonbons, et lui dit qu'il n'étudierait pas de huit jours s'il voulait bien manger comme à son ordinaire. Cependant le prince Fatal était un prodige de science et de douceur; il s'était tellement accoutumé à être contredit, qu'il n'avait point de volonté et ne s'attachait qu'à prévenir les caprices de Fortuné. Mais ce méchant enfant, qui enrageait de le voir plus habile que lui, ne pouvait le souffrir, et les gouverneurs, pour plaire à leur jeune maître, battaient Fatal à tous moments. Enfin ce méchant enfant dit à la reine qu'il ne voulait plus voir Fatal, et qu'il ne mangerait pas qu'on ne l'eût chassé du palais. Voilà donc Fatal dans la rue; et, comme on avait peur de déplaire au prince, personne ne voulut le recevoir. Il passa la nuit sous un arbre, mourant de froid, car c'était en hiver, et n'ayant pour son souper qu'un morceau de pain qu'on lui avait donné par charité. Le lendemain matin, il dit en luimême:

Je ne veux pas rester ici à rien faire; je travaillerai pour gagner ma vie, jusqu'à ce que je sois assez grand pour aller à la guerre. Je me souviens d'avoir lu dans les histoires que de simples soldats sont devenus de grands capitaines; peutêtre auraije le même bonheur si je suis honnête homme. Je n'ai ni père ni mère, mais Dieu est le père des orphelins; il m'a donné une lionne pour nourrice et il ne m'abandonnera pas.

Après avoir dit cela, Fatal se leva, fit sa prière, car il ne manquait jamais à prier Dieu soir et matin; et quand il priait, il avait les yeux baissés, les mains jointes, et il ne tournait pas la tête de côté et d'autre. Un paysan qui passa et qui vit Fatal qui priait Dieu de tout son coeur dit en luimême:

Je suis sûr que cet enfant sera un honnête garçon; j'ai envie de le prendre pour garder mes moutons. Dieu me bénira à cause de lui.

Le paysan attendit que Fatal eût fini sa prière, et lui dit:

Mon petit ami, voulezvous venir garder mes moutons? Je vous nourrirai et j'aurai soin de vous.

Je le veux bien, répondit Fatal; et je ferai tout mon possible pour vous bien servir.

Ce paysan était un gros fermier qui avait beaucoup de valets qui le volaient fort souvent; sa femme et ses enfants le volaient aussi. Quand ils virent Fatal, ils furent bien contents.

C'est un enfant, disaientils, il fera tout ce que nous voudrons.

Un jour la femme lui dit:

Mon ami, mon mari est un avare qui ne me donne jamais d'argent; laissemoi prendre un mouton, et tu diras que le loup l'a emporté.

Madame, lui répondit Fatal, je voudrais de tout mon coeur vous rendre ce service, mais j'aimerais mieux mourir que de dire un mensonge et être un voleur.

Tu n'es qu'un sot, lui dit cette femme; personne ne saura que tu as fait cela.

Dieu le saura, madame, répondit Fatal, il voit tout ce que nous faisons, et punit les menteurs et ceux qui volent.

Quand la fermière entendit ces paroles, elle se jeta sur lui, lui donna des soufflets et lui arracha les cheveux. Fatal pleurait, et le fermier, l'ayant entendu, demanda à sa femme pourquoi elle battait cet enfant.

Vraiment, ditelle, c'est un gourmand; je l'ai vu ce matin manger un pot de crème que je voulais porter au marché.

Fi! que cela est vilain, d'être gourmand! dit le paysan.

Et tout de suite il appela un valet, et lui commanda de fouetter Fatal. Ce pauvre enfant avait beau dire qu'il n'avait pas mangé la crème, on croyait sa maîtresse plus que lui. Après cela, il sortit dans la campagne avec ses moutons, et la fermière lui dit:

Eh bien! voulezvous à cette heure me donner un mouton?

J'en serais bien fâché, dit Fatal; vous pouvez faire tout ce que vous voudrez contre moi, mais vous ne m'obligerez pas à mentir.

Cette méchante créature, pour se venger, engagea tous les autres domestiques à faire du mal à Fatal. Il restait à la campagne le jour et la nuit, et au lieu de lui donner à manger comme aux autres valets, elle ne lui envoyait que du pain et de l'eau; et quand il revenait, elle l'accusait de tout le mal qui se faisait dans la maison. Il passa un an avec ce fermier; et, quoiqu'il couchât sur la terre et qu'il fût si mal nourri, il devint si fort, qu'on croyait qu'il avait quinze ans, quoiqu'il n'en eût que treize; d'ailleurs il était devenu si patient, qu'il ne se chagrinait plus quand on le grondait mal à propos. Un jour qu'il était à la ferme, il entendit dire qu'un roi voisin avait une grande guerre. Il demanda congé à son maître, et fut à pied dans le royaume de ce prince pour être soldat. Il s'engagea dans la compagnie d'un capitaine qui était un grand seigneur, mais qui ressemblait à un crocheteur tant il était brutal: il jurait, il battait ses soldats, il leur volait la moitié de l'argent que le roi donnait pour les nourrir et les habiller; et sous ce méchant capitaine, Fatal fut encore plus malheureux que chez le fermier. Il s'était engagé pour dix ans, et quoiqu'il vît déserter le plus grand nombre de ses camarades, il ne voulut jamais suivre leur exemple, car il disait:

J'ai reçu de l'argent pour servir dix ans; je volerais le roi si je manquais à ma parole.

Quoique le capitaine fût un méchant homme et qu'il maltraitât Fatal tout comme les autres, il ne pouvait s'empêcher de l'estimer, parce qu'il voyait qu'il faisait toujours son devoir. Il lui donnait de l'argent pour faire ses commissions, et Fatal avait la clef de sa chambre quand il allait à la campagne ou qu'il dînait avec ses amis. Ce capitaine n'aimait pas la lecture, mais il avait une grande bibliothèque, pour faire croire à ceux qui venaient chez lui qu'il était un homme d'esprit; car dans ce payslà on pensait qu'un officier qui ne cherche point à s'instruire ne serait jamais qu'un sot et qu'un ignorant. Quand Fatal avait fait son devoir de soldat, au lieu d'aller boire et jouer avec ses camarades, il s'enfermait dans la chambre du capitaine, et tâchait d' apprendre son métier en lisant la vie des grands hommes, et devint capable de commander une armée. Il y avait déjà sept ans qu'il était soldat lorsqu'il fut à la guerre. Son capitaine prit six soldats avec lui pour aller visiter un petit bois; et quand il fut dans ce petit bois, les soldats disaient tout bas:

Il faut tuer ce méchant homme, qui nous donne des coups de canne et qui nous vole notre pain.

Fatal leur dit qu'il ne fallait pas faire une si mauvaise action; mais, au lieu de l'écouter, ils lui dirent qu'ils le tueraient avec le capitaine, et mirent tous les cinq la lance en arrêt. Fatal se mit à côté de son capitaine, et se battit avec tant de valeur, qu'il tua lui seul quatre de ces soldats. Son capitaine, voyant qu'il lui devait la vie, lui demanda pardon de tout le mal qu'il lui avait fait; et ayant raconté au roi ce qui lui était arrive, Fatal fut fait capitaine, et le roi lui fit une grosse pension. Oh! dame, les soldats n'auraient pas voulu tuer Fatal, car il les aimait comme ses enfants; et, loin de leur voler ce qui leur appartenait, il leur donnait de son propre argent quand ils faisaient leur devoir. Il avait soin d'eux quand ils étaient blessés, et ne les reprenait jamais par mauvaise humeur. Cependant on donna une grande bataille, et celui qui commandait l'armée ayant été tué, tous les officiers et les soldats s'enfuirent; mais Fatal cria tout haut qu'il aimait mieux mourir les armes à la main que de fuir comme un lâche. Ses soldats lui crièrent qu'ils ne voulaient point l'abandonner, et leur bon exemple ayant fait honte aux autres, ils se rangèrent autour de Fatal, et combattirent si bien, qu'ils firent prisonnier le fils du roi ennemi. Le roi fut bien content quand il sut qu'il avait gagné la bataille, et dit à Fatal qu'il le faisait général de toutes ses armées. Il le présenta ensuite à la reine et à la princesse sa fille, qui lui donnèrent leurs mains à baiser. Quand Fatal vit la princesse, il resta immobile. Elle était si belle qu'il l'aima. Et ce fut alors qu'il fut bien malheureux, car il pensait qu'un homme comme lui n'était pas fait pour épouser une grande princesse. Il résolut donc de cacher soigneusement ce sentiment, et tous les jours il souffrait les plus grands tourments; mais ce fut bien pis quand il apprit que Fortuné, ayant vu un portrait de la princesse, qui se nommait Gracieuse, voulait l'épouser, et qu'il envoyait des ambassadeurs pour la demander en mariage. Fatal pensa mourir de chagrin; mais la princesse Gracieuse, qui savait que Fortuné était un prince lâche et méchant, pria si fort le roi son père de ne la point forcer à l'épouser, qu'on répondit à l'ambassadeur que la princesse ne voulait point encore se marier. Fortuné, qui n'avait point encore été contredit, entra en fureur quand on lui eut rapporté la réponse de la princesse; et son père, qui ne pouvait rien lui refuser, déclara la guerre au père de Gracieuse, qui ne s'en embarrassa pas beaucoup, car il disait:

Tant que j'aurai Fatal à la tête de mon armée, je ne crains pas d'être battu.

Il envoya donc chercher son général, et lui dit de se préparer à faire la guerre; mais Fatal, se jetant à ses pieds, lui dit qu'il était né dans le royaume du père de Fortuné et qu'il ne pouvait pas combattre contre son roi. Le père de Gracieuse se mit fort en colère, et dit à Fatal qu'il le ferait mourir s'il refusait de lui obéir, et qu'au contraire il lui donnerait sa fille en mariage s'il remportait la victoire sur Fortuné. Le pauvre Fatal, qui aimait Gracieuse à la folie, fut bien tenté; mais, à la fin, il se résolut à faire son devoir. Sans rien dire au roi, il quitta la cour et abandonna toutes ses richesses. Cependant Fortuné se mit à la tête de son armée pour aller faire la guerre; mais, au bout de quatre jours, il tomba malade de fatigue, car il était fort délicat, n'avait jamais voulu faire aucun exercice. Le chaud, le froid, tout le rendait malade. Cependant l'ambassadeur, qui voulait faire sa cour à Fortuné lui dit qu'il avait vu à la cour de Gracieuse ce petit garçon qu'il avait chassé de son palais, et qu'on disait que le père de Gracieuse lui avait promis sa fille. Fortuné, à cette nouvelle, se mit dans une grande colère, et aussitôt qu'il fut guéri il partit pour détrôner le père de Gracieuse, et promit une forte somme d'argent à celui qui lui amènerait Fatal. Fortuné remporta de grandes victoires, quoiqu'il ne combattît pas luimême, car il avait peur d'être tué. Enfin il assiégea la ville capitale de son ennemi, il résolut de faire donner l'assaut. La veille de ce jour, on lui amena Fatal lié avec de grosses chaînes; car un grand nombre de personnes s'étaient mises en chemin pour le chercher. Fortuné charmé de pouvoir se venger, résolut, avant de donner l'assaut, de faire couper la tête à Fatal à la vue des ennemis. Ce jourlà même, il donna un grand festin à ses officiers, parce qu'il célébrait son jour de naissance, ayant justement vingtcinq ans. Les soldats qui étaient dans la ville, ayant appris que Fatal était pris et qu'on devait dans une heure lui couper la tête, résolurent de mourir ou de le sauver; car ils se souvenaient du bien qu'il leur avait fait pendant qu'il était leur général. Ils demandèrent donc permission au roi de sortir pour combattre, et cette fois ils furent victorieux. Le don de Fortuné avait cessé; comme il voulait s'enfuir, il fut tué. Les soldats victorieux coururent ôter les chaînes à Fatal, et, dans le même moment, on vit paraître en l'air deux chariots brillants de lumière. La fée était dans un de ces chariots, et le père et la mère de Fatal étaient dans l'autre, mais endormis. Ils ne s'éveillèrent qu'au moment où leurs chariots touchaient la terre, et ils furent bien étonnés de se voir au milieu d'une armée. La fée alors, s'adressant à la reine et lui présentant Fatal, lui dit:

Madame, reconnaissez dans ce héros votre fils aîné; les malheurs qu'il a éprouvés ont corrigé les défauts de son caractère, qui était violent et emporté. Fortuné, au contraire, qui était né avec de bonnes inclinations, a été absolument gâté par la flatterie, et Dieu n'a pas permis qu'il vécût plus longtemps, parce qu'il serait devenu plus méchant chaque jour. Il vient d'être tué; mais, pour vous consoler de sa mort, apprenez qu'il était sur le point de détrôner son père, parce qu'il s'ennuyait de n'être pas roi.

Le roi et la reine furent bien étonnés, et ils embrassèrent de bon coeur Fatal, dont ils avaient entendu parler si avantageusement. La princesse Gracieuse et son père apprirent avec joie l'aventure de Fatal, qui épousa Gracieuse, avec laquelle il vécut fort longtemps dans une parfaite concorde, parce qu'ils s'étaient unis par la vertu.

LE PRINCE TITY.

Il y avait une fois un roi nommé Guinguet, tellement avare, qu'il était toujours plus mal vêtu que le dernier de ses sujets. Il voulut se marier; mais il ne se souciait pas d'avoir une belle princesse, il voulut seulement qu'elle eût beaucoup d'argent et qu'elle fût plus avare que lui. Il en trouva une telle qu'il la souhaitait. Elle eut un fils qu'on nomma Tity; et une autre année elle eut un second fils qu'on nomma Mirtil. Tity était bien plus beau que son frère; mais le roi et la reine ne le pouvaient souffrir, parce qu'il aimait à partager tout ce qu'on lui donnait avec les autres enfants qui venaient jouer avec lui. Pour Mirtil, il aimait mieux laisser gâter ses bonbons que d'en donner à personne. Il enfermait ses jouets, crainte de les user, et quand il tenait quelque chose dans sa main, il le serrait si fort qu'on ne pouvait le lui arracher, même pendant qu'il dormait. Le roi et sa femme étaient fous de cet enfant, parce qu'il leur ressemblait. Les princes devinrent grands; et, de peur que Tity ne dépensât son argent, on ne lui donnait pas un sou. Un jour que Tity était à la chasse, un des écuyers, qui courait à cheval, passa auprès d'une vieille femme et la jeta dans la boue: la vieille criait qu'elle avait la jambe cassée; mais l'écuyer n'en faisait que rire. Tity, qui avait un bon coeur, gronda son écuyer, et, s'approchant de la vieille avec l'Éveillé, qui était son page favori, il aida la vieille à se relever, et, l'ayant prise chacun par un bras, ils la conduisirent dans une petite cabane, où elle demeurait. Le prince alors fut au désespoir de n'avoir point d'argent pour donner à cette femme.

A quoi me sertil d'être prince, disaitil, puisque je n'ai pas la liberté de pouvoir faire du bien? Il n'y a de plaisir à être grand seigneur que parce qu'on a le pouvoir de soulager les misérables.

L'Éveillé, qui entendit le prince parler ainsi, lui dit:

J'ai un écu pour tout bien, il est à votre service.

Je vous récompenserai quand je serai roi, dit Tity; j'accepte votre écu pour donner à cette pauvre femme.

Tity étant retourné à la cour, la reine le gronda de ce qu'il avait aidé cette pauvre femme à se relever.

Le grand malheur quand cette vieille femme serait morte! ditelle à son fils; il fait beau voir un prince s'abaisser jusqu'à secourir une misérable gueuse!

Madame, lui dit Tity, je croyais que les princes n'étaient jamais plus grands que quand ils faisaient du bien.

Allez, lui dit la reine, vous êtes un extravagant avec cette belle façon de parler.

Le lendemain Tity fut encore à la chasse, mais c'était pour voir comment cette femme se portait. Il la trouva guérie, et elle le remercia de la charité qu'il avait eue pour elle.

J'ai encore une prière à vous faire, lui ditelle: j'ai des noisettes et des nèfles qui sont excellentes, faitesmoi la grâce d'en manger quelquesunes.

Le prince ne voulut pas refuser cette femme, de crainte qu'elle ne crût que c'était par mépris: il goûta donc ces noisettes et ces nèfles, il les trouva excellentes.

Puisque vous les trouvez si bonnes, dit la vieille, faitesmoi le plaisir d'emporter le reste pour votre dessert.

Pendant qu'elle disait cela, une poule qu'elle avait se mit à chanter et pondit un oeuf. La vieille pria le prince de si bonne grâce d'emporter aussi cet oeuf qu'il le prit par complaisance; mais en même temps il donna quatre pièces d'or à la vieille, car l'Éveillé lui avait donné cette somme, qu'il avait empruntée de son père, qui était un gentilhomme de campagne. Quand le prince fut à son palais, il commanda de lui donner l'oeuf, les nèfles et les noisettes de la bonne femme pour son souper; mais quand il eut cassé l'oeuf, il fut bien étonné de trouver dedans un gros diamant; les nèfles et les noisettes étaient aussi remplies de diamants. Quelqu'un fut dire cela à la reine, qui courut de suite à l'appartement de Tity, et qui fut si charmée de voir ces diamants qu'elle l'embrassa et l'appela son cher fils pour la première fois de sa vie.

Voulezvous me donner ces diamants? ditelle à son fils.

Tout ce que j'ai est à votre service, lui dit le prince.

Vous êtes un bon fils, lui dit la reine, je vous récompenserai.

Elle emporta donc ces trésors, et elle envoya au prince quatre pièces d'or enveloppées proprement dans un petit morceaux de papier. Ceux qui virent ce présent voulurent se moquer de la reine, qui n'était pas honteuse d'envoyer cette somme pour des diamants qui valaient plus de cinq cent mille louis; mais le prince les chassa de sa chambre en leur disant qu'ils étaient bien hardis de manquer de respect à sa mère. Cependant la reine dit à Guinguet:

Apparemment que la vieille que Tity a relevée est une grande fée: il faut l'aller voir demain; mais au lieu d'y mener Tity, nous y mènerons son frère, car je ne veux pas qu'elle s'attache trop à ce benêt, qui n'a pas eu l'esprit de garder ses diamants.

En même temps elle ordonna qu'on nettoyât les carrosses et qu'on louât des chevaux, car elle avait fait vendre ceux du roi, parce qu'ils coûtaient trop à nourrir. On fit remplir deux de ces carrosses de médecins, chirurgiens, et la famille royale se mit dans l'autre.

Quand ils furent arrivés à la cabane de la vieille, la reine lui dit qu'elle venait lui demander excuse de l'étourderie de l'écuyer de Tity.

C'est que mon fils n'a pas l'esprit de choisir de bons domestiques, ditelle à la bonne femme; mais je le forcerai de chasser ce brutal.

Ensuite elle dit à la vieille qu'elle avait amené avec elle les plus habiles gens de son royaume pour guérir son pied. Mais la bonne femme lui dit que son pied allait fort bien, et qu'elle lui était obligée de la charité qu'elle avait de visiter une pauvre femme comme elle.

Oh! vraiment, lui dit la reine, nous savons bien que vous êtes une grande fée, car vous avez donné au prince Tity une grande quantité de diamants.

Je vous assure, madame, lui dit la vieille, que je n'ai donné au prince qu'un oeuf, des nèfles et des noisettes; j'en ai encore au service de Votre Majesté.

Je les accepte de bon coeur, dit la reine, qui était charmée de l'espérance d'avoir des diamants.

Elle reçut le présent, caressa la vieille, la pria de la venir voir; et tous les courtisans, à l'exemple du roi et de la reine, donnèrent de grandes louanges à cette bonne femme. La reine lui demanda quel âge elle avait.

J'ai soixante ans, réponditelle.

Vous n'en paraissez pas quarante, lui dit la reine, et vous pouvez encore penser à vous marier, car vous êtes fort aimable.

A ce discours, le prince Mirtil, qui était trèsmal élevé, se mit à rire au nez de la vieille, et lui dit qu'il aurait bien du plaisir de danser à sa noce: mais la bonne femme ne fit pas semblant de voir qu'il se moquait d'elle. Toute la cour partit, et la reine ne fut pas plutôt arrivée dans son palais, qu'elle fit cuire l'oeuf et cassa les noisettes et les nèfles; mais au lieu de trouver un diamant dans l'oeuf, elle n'y trouva qu'un petit poulet, et les noisettes et nèfles étaient remplies de vers. Aussitôt la voilà dans une colère épouvantable.

Cette vieille est une sorcière, ditelle, qui a voulu se moquer de moi; je veux la faire mourir!

Elle assembla donc les juges pour faire le procès à la vieille femme; mais l'Éveillé, qui avait entendu tout cela courut à la cabane pour lui dire de se sauver.

Bon jour, le page aux vieilles, lui ditelle, car on lui donnait ce nom depuis qu'il l'avait aidée à se tirer de la boue.

Ah! bonne mère, lui dit l'Éveillé, hâtezvous de vous sauver dans la maison de mon père, c'est un trèshonnête homme, il vous cachera de bon coeur; car si vous demeurez dans votre cabane, on enverra des soldats pour vous prendre et vous faire mourir.

Je vous ai bien de l'obligation, lui dit la vieille; mais je ne crains pas la méchanceté de la reine.

En même temps, quittant la forme d'une vieille, elle parut à l'Éveillé sous sa figure naturelle, et il fut ébloui de sa beauté. Il voulut se jeter à ses pieds, mais elle l'en empêcha et lui dit:

Je vous défends de dire au prince ni à personne au monde ce que vous venez de voir. Je veux récompenser votre charité: demandezmoi un don.

Madame, lui dit l'Éveillé, j'aime beaucoup le prince mon maître, et je souhaite de tout mon coeur lui être utile; ainsi je vous demande d'être invisible quand je le souhaiterai, afin de pouvoir connaître quels sont les courtisans qui aiment véritablement mon prince.

Je vous accorde ce don, reprit la fée; mais il faut encore que je paie les dettes de Tity. N'atil pas emprunté quatre louis à votre père?

Il les a rendus, reprit l'Éveillé: il sait bien qu'il est honteux aux princes de ne pas payer leurs dettes; ainsi il m'a remis les quatre louis que la reine lui a envoyés.

Je sais bien cela, dit la fée, mais je sais aussi que le prince a été au désespoir de ne pouvoir rendre davantage, car il sait qu'un prince doit récompenser noblement, et c'est cette dette que je veux payer. Prenez cette bourse qui est pleine d'or, et portezla à votre père; il y trouvera toujours la même somme, pourvu qu'il n'y prenne que pour bonnes actions.

En même temps la fée disparut, et l'Éveillé fut porter cette bourse à son père, auquel il recommanda le secret. Cependant les juges que la reine avait assemblés pour condamner la vieille étaient fort embarrassés, et ils dirent à cette princesse:

Comment voulezvous que nous condamnions cette femme? elle n'a point trompé Votre Majesté, elle lui a dit: Je ne suis qu'une pauvre femme, et je n'ai pas de diamants.

La reine se mit fort en colère et leur dit:

Si vous ne condamnez pas cette malheureuse, qui s'est moquée de moi, et qui m'a fait dépenser inutilement beaucoup d'argent pour louer des chevaux et payer des médecins, vous aurez sujet de vous en repentir.

Les juges dirent en euxmêmes:

La reine est une méchante femme; si nous lui désobéissons, elle trouvera le moyen de nous faire périr; il vaut mieux que la vieille périsse que nous.

Tous les juges condamnèrent donc la vieille à être brûlée toute vive comme une sorcière. Il n'y en eut qu'un seul qui dit qu'il aimait mieux être brûlé luimême que de condamner une innocente. Quelques jours après, la reine trouva de faux témoins, qui dirent que ce juge avait mal parlé d'elle. On lui ôta sa charge, et il allait être réduit à demander l'aumône avec sa femme et ses enfants. L'Éveillé prit une grosse somme dans la bourse de son père, et la donnant à ce juge, il lui conseilla de passer dans un autre pays. Cependant l'Éveillé se trouvait partout depuis qu'il pouvait se rendre invisible: il apprit beaucoup de secrets; mais comme c'était un honnête garçon, jamais il ne rapportait rien qui pût faire tort à personne, excepté ce qui pouvait être utile à son maître. Comme il allait souvent dans le cabinet du roi, il entendit que la reine disait à son mari:

Ne sommesnous pas bien malheureux que Tity soit l'aîné? Nous amassons beaucoup de trésors, qu'il dissipera aussitôt qu'il sera roi, et Mirtil, qui est économe, au lieu de toucher à ces trésors, les aurait augmentés. N'y auraitil pas moyen de le déshériter?

Nous y réfléchirons, lui répondit le roi; et si nous ne pouvons réussir, il faudra enterrer ces trésors, dans la crainte qu'il ne les dissipe.

L'Éveillé entendait aussi tous les courtisans, qui, pour plaire au roi et à la reine, leur disaient du mal de Tity et louaient Mirtil. Puis, au sortir de chez le roi, ils venaient chez le prince, et lui disaient qu'ils avaient pris son parti devant le roi et la reine; mais le prince, qui savait la vérité par le moyen de l'Éveillé, se moquait d'eux dans son coeur et les méprisait. Il y avait à la cour quatre seigneurs qui étaient fort honnêtes gens; ceuxlà prenaient le parti de Tity, mais ils ne s'en vantaient pas; au contraire, ils l'exhortaient toujours à aimer le roi et la reine, et à leur être fort obéissant.

Il y avait un roi voisin qui envoya des ambassadeurs à Guinguet pour une affaire importante. La reine, selon sa coutume, ne voulut pas que Tity parût devant les ambassadeurs. Elle lui dit d'aller dans une belle maison de campagne qui appartenait au roi, parce que, ajoutatelle, les ambassadeurs voudront sans doute voir cette maison, et il faudra que vous en fassiez les honneurs. Quand Tity fut parti, la reine prépara tout pour recevoir les ambassadeurs sans qu'il lui en coûtât beaucoup. Elle prit une jupe de velours et la donna aux tailleurs pour faire les deux derrières d'un habit à Guinguet et à Mirtil; on fit les devants de cet habit en velours neuf; car la reine pensait que, le roi et le prince étant assis, on ne verrait pas le derrière de leurs habits. Afin de les rendre magnifiques, elle prit les diamants qu'on avait trouvés dans les nèfles, pour servir de boutons à l'habit du roi; elle attacha à son chapeau le diamant qui avait été trouvé dans l'oeuf, et les petits qui étaient sortis des noisettes furent employés à faire des boutons à l'habit de Mirtil, et une pièce, un collier et des noeuds de manches à la reine. Véritablement ils éblouissaient avec tous ces diamants. Guinguet et sa femme se mirent sur le trône, et Mirtil se mit à leurs pieds; mais à peine les ambassadeurs furentils dans la chambre, que les diamants disparurent, et il n'y eut plus que des nèfles, des noisettes et un oeuf.

Les ambassadeurs crurent que Guinguet s'était habillé d'une manière si ridicule pour faire affront à leur maître; ils sortirent tout en colère, et dirent que leur maître leur apprendrait qu'il n'était pas un roi de nèfles.

On eut beau les rappeler, ils ne voulurent rien écouter et s'en retournèrent dans leur pays. Guinguet et sa femme restèrent fort honteux et fort en colère.

C'est Tity qui nous a joué ce tour, ditelle au roi quand il fut seul avec elle; il faut le déshériter et laisser notre couronne à Mirtil.

J'y consens de tout mon coeur, dit le roi.

En même temps ils entendirent une voix qui leur dit:

Si vous êtes assez méchants pour le faire, je vous casserai tous les os les uns après les autres.

Ils eurent une grande peur d'entendre cette voix, car ils ne savaient pas que l'Éveillé était dans leur cabinet, et qu'il avait entendu leur conversation. Ils n'osèrent donc faire aucun mal à Tity, mais ils faisaient chercher la vieille de tous les côtés pour la faire mourir, et ils étaient au désespoir de ce qu'on ne pouvait la trouver.

Cependant le roi Violent, qui était celui qui avait envoyé des ambassadeurs à Guinguet, crut que véritablement on avait voulu se moquer de lui, et il résolut de se venger en déclarant la guerre à Guinguet. Ce dernier en fut d'abord bien fâché, car il n'avait pas de courage et craignait d'être tué; mais la reine lui dit:

Ne vous affligez point; nous enverrons Tity commander notre armée, sous prétexte de lui faire honneur; c'est un étourdi qui se fera tuer, et alors nous aurons le plaisir de laisser la couronne à Mirtil.

Le roi trouva cette invention admirable, et ayant fait venir Tity de la campagne, il le nomma généralissime des troupes; et pour lui donner plus d'occasions d'exposer sa vie, il lui donna aussi plein pouvoir pour faire la guerre ou la paix.

Tity étant arrivé sur les frontières du royaume de son père, résolut d'attendre l'ennemi, et s'occupa à faire bâtir une forteresse près d'un petit passage dans lequel il fallait entrer. Un jour qu'il regardait travailler les soldats, il eut soif, et voyant une maison sur une montagne voisine, il y monta pour demander à boire. Le maître de la maison, qui se nommait Abor, lui en donna, et comme le prince allait se retirer, il vit entrer dans cette maison une fille si belle, qu'il en fut ébloui. C'était Biby, fille d'Abor. Le prince retourna souvent à cette maison. Il parla souvent à Biby, et trouvant qu'elle était fort sage et qu'elle avait beaucoup d'esprit, il disait en luimême:

Si j'étais mon maître, j'épouserais Biby; elle n'est pas née princesse, mais elle a tant de vertus, qu'elle est digne de devenir reine.

Il prit la résolution de lui écrire. Biby, qui savait qu'une honnête fille ne reçoit point de lettres des hommes, porta celle du prince à son père sans l'avoir décachetée. Abor, voyant que le prince était amoureux de sa fille, demanda à Biby si elle aimait Tity. Biby, qui n'avait jamais menti de sa vie, dit à son père que le prince lui avait paru si honnête homme, qu'elle n'avait pu s'empêcher de l'aimer.

Mais, ajoutatelle, je sais bien qu'il ne peut m'épouser, parce que je ne suis qu'une bergère; ainsi, je vous prie de m'envoyer chez ma tante, qui demeure bien loin d'ici.

Son père la fit partir le même jour, et le prince fut si chagrin de l'avoir perdue, qu'il en tomba malade. Abor lui dit:

Mon prince, je suis bien fâché de vous chagriner; mais puisque vous aimez ma fille, vous ne voudriez pas la rendre malheureuse. Vous savez bien qu'on méprise une fille qui reçoit les visites d'un jeune homme qui ne veut pas l'épouser.

Écoutez, Abor, dit le prince; j'aimerais mieux mourir que de manquer de respect à mon père en me mariant sans sa permission; mais promettezmoi de me garder votre fille, et je vous promets de l'épouser quand je serai roi; je consens à ne point la voir jusqu'à ce tempslà.

En même temps, la fée parut dans la chambre, et surprit beaucoup le prince, car il ne l'avait jamais vue sous cette figure.

Je suis la vieille que vous avez secourue, ditelle au prince. Vous êtes si honnête, et Biby est si sage, que je vous prends tous les deux sous ma protection. Vous l'épouserez dans deux ans; mais jusqu'à ce temps vous aurez encore bien des traverses. Au reste, je vous promets de vous rendre une visite tous les mois, et je mènerai Biby avec moi.

Le prince fut enchanté de cette promesse, et résolut d'acquérir beaucoup de gloire pour plaire à Biby. Le roi Violent vint lui offrir la bataille, et Tity nonseulement la gagna, mais encore Violent fut fait prisonnier. On conseilla à Tity de lui ôter son royaume, mais il dit:

Je ne veux pas faire cela: ses sujets, qui aimeraient toujours mieux leur roi qu'un étranger, se révolteraient, et lui rendraient la couronne; Violent n'oublierait jamais sa prison, et ce serait une guerre continuelle, qui rendrait deux peuples malheureux. Je veux, au contraire, rendre la liberté à Violent, et ne lui rien demander pour cela; je sais qu'il est généreux; il deviendra mon ami, et son amitié vaudra mieux pour nous que son royaume, qui ne nous appartient pas.

Ce que Tity avait prévu arriva. Violent fut si charmé de sa générosité, qu'il jura une alliance éternelle avec le roi Guinguet et avec son fils, et ils se séparèrent trèsbons amis.

Cependant Guinguet fut fort en colère quand il apprit que son fils avait rendu la liberté à Violent sans lui faire payer beaucoup d'argent: ce prince avait beau lui représenter qu'il lui avait donné ordre d'agir comme il le voudrait, il ne pouvait lui pardonner. Tity, qui aimait et respectait son père, tomba malade de chagrin de lui avoir déplu. Un jour qu'il était seul dans son lit sans penser que c'était le premier jour du mois, il vit entrer par la fenêtre deux jolis serins, et fut fort surpris lorsque ces deux serins, reprenant leurs formes naturelles, lui présentèrent la fée et sa chère Biby. Il allait remercier la bonne fée, quand la reine entra dans son appartement tenant dans ses bras un gros chat qu'elle aimait beaucoup parce qu'il prenait les souris, qui mangeaient ses provisions, et qu'il ne lui coûtait rien à nourrir. Dès que la reine vit les serins, elle se fâcha de ce qu'on les laissait courir, parce que cela gâtait les meubles. Le prince lui dit qu'il les ferait mettre dans une cage; mais elle répondit qu'elle voulait qu'on les prit tout de suite, qu'elle les aimait beaucoup, et qu'elle les mangerait à son dîner. Le prince, désespéré, eut beau crier, tous les courtisans et les domestiques couraient après les serins, et on ne l'écoutait pas. Un valet prit un balai, et fit tomber à terre la pauvre Biby. Le prince se jeta hors de son lit pour la secourir, mais il serait arrivé trop tard, car le chat de la reine s'était échappé de ses bras, et allait la tuer d'un coup de griffe, lorsque la fée, prenant tout d'un coup la figure d'un gros chien, sauta sur le chat et l'étrangla; et ensuite elle prit, aussi bien que Biby, la figure d'une souris, et elles s'enfuirent toutes deux par un petit trou qui était dans un coin de la chambre. Le prince était tombé évanoui à la vue du danger qu'avait couru sa chère Biby; mais la reine n'y fit pas attention: elle n'était occupée que de la mort de son chat; elle jetait des cris horribles. Elle dit au roi qu'elle se tuerait s'il ne vengait pas la mort de ce pauvre animal; que Tity avait commerce avec des sorciers pour lui donner du chagrin, et qu'elle n'aurait pas un moment de repos qu'il ne l'eût déshérité pour donner la couronne à son frère. Le roi y consentit, et lui dit que le lendemain il ferait arrêter le prince et qu'on lui ferait son procès. Le fidèle l'Éveillé ne s'était pas endormi dans cette occasion; il s'était glissé dans le cabinet du roi, et vint tout de suite avertir le prince. La peur qu'il avait eue lui avait ôté la fièvre, et il se disposait à monter à cheval pour se sauver, lorsqu'il vit la fée, qui lui dit:

Je suis lasse des méchancetés de votre mère et de la faiblesse de votre père; je vais vous donner une bonne armée, allez les prendre dans leur palais; vous les mettrez dans une prison avec leur fils Mirtil; vous monterez sur le trône, et vous épouserez Biby tout de suite.

Madame, dit le prince à la fée, vous savez que j'aime Biby plus que ma vie; mais le désir de l'épouser ne me fera jamais oublier ce que je dois à mon père et à ma mère, et j'aimerais mieux périr que de prendre les armes contre eux.

Venez, que je vous embrasse, lui dit la fée: j'ai voulu éprouver votre vertu; si vous aviez accepté mes offres, je vous aurais abandonné; mais puisque vous avez le courage d'y résister, je serai toujours de vos amis; je vais vous en donner la preuve. Prenez la forme d'un vieillard, et sûr de ne pouvoir être reconnu sous cette figure, parcourez votre royaume; instruisezvous de toutes les injustices qu'on commet contre vos pauvres sujets, afin de les réparer quand vous serez roi; l'Eveillé, qui restera à la cour, vous rendra compte de tout ce qui arrivera pendant votre absence.

Le prince obéit à la fée, et il vit des choses qui le faisaient frémir. On vendait la justice, les gouverneurs pillaient le peuple, les grands maltraitaient les petits, et tout cela se faisait au nom du roi. Au bout de deux ans, l'Eveillé lui écrivit que son père était mort, et que la reine avait voulu faire couronner son frère, mais que les quatre seigneurs, qui étaient honnêtes gens, s'y étaient opposés, parce qu'il les avait avertis qu'il était vivant; qu'ainsi la reine s'était sauvée avec son fils dans une province qu'elle avait fait révolter. Tity, qui avait repris sa figure, alla dans sa capitale, et fut reconnu roi; après quoi il écrivit une lettre fort respectueuse à la reine, pour la prier de ne point causer de révolte; il lui offrit aussi une bonne pension pour elle et pour son frère Mirtil. La reine, qui avait une grosse armée, lui répondit qu'elle voulait la couronne, et qu'elle viendrait la lui arracher de dessus la tête. Cette lettre ne fut pas capable de porter Tity à sortir du respect qu'il devait à la reine; mais cette méchante femme ayant appris que le roi Violent venait au secours de son ami Tity avec un grand nombre de soldats, fut forcée d'accepter les propositions de son fils. Ce prince se vit donc paisible possesseur de son royaume, et il épousa Biby, au contentement de tous ses sujets, qui furent charmés d'avoir une si belle et surtout si bonne reine.

Tity, étant monté sur le trône, commença par rétablir le bon ordre dans ses États; et, pour y parvenir, il ordonna que tous ceux qui voudraient se plaindre à lui de toutes les injustices qu'on leur aurait faites seraient les bienvenus, et il défendit aux gardes de renvoyer une seule personne qui aurait à lui parler, quand même ce serait un homme qui demanderait l'aumône:

Car, disait ce bon prince, je suis le père de tous mes sujets, des pauvres comme des riches.

D'abord les courtisans ne s'effrayaient point de ce discours; ils disaient;Le roi est jeune, cela ne durera pas longtemps: il prendra du goût pour les plaisirs, et sera forcé d'abandonner à ses favoris le soin de ses affaires.

Ils se trompèrent; Tity ménagea si bien son temps, qu'il en eut pour tout: d'ailleurs le soin qu'il eut de punir les premiers qui commirent des injustices fit que personne n'osa plus s'écarter de son devoir. Il avait envoyé des ambassadeurs au roi Violent pour le remercier du secours qu'il lui avait préparé. Ce prince lui fit dire qu'il serait charmé de le voir encore une fois, et que, s'il voulait se rendre sur les frontiéres du royaume, il y viendrait volontiers pour lui rendre visite. Comme tout était fort tranquille dans le royaume de Tity, il accepta cette partie, qui convenait à un dessein qu'il avait formé, c'était d'embellir la maison où il avait vu sa chère Biby pour la première fois. Il commanda donc à deux de ses officiers d'acheter toutes les terres qui étaient à l'entour; mais il leur défendit de forcer personne:

Car, disaitil, je ne suis pas roi pour faire violence à mes sujets, et après tout, chacun doit être maître de son petit héritage.

Cependant Violent étant arrive sur la frontière, les deux cours se réunirent; elles étaient brillantes. Violent avait amené avec lui sa fille unique, qu'on nommait Elise, charmante personne, douée du plus heureux caractère. Tity avait amené avec lui, outre son épouse, une de ses cousines qu'on nommait Blanche, et qui, belle et vertueuse, avait encore beaucoup d'esprit. Comme on était, pour ainsi dire, à la campagne, les deux rois dirent qu'il fallait vivre en liberté, qu'on permettait à plusieurs dames et seigneurs de souper avec les deux rois et les princesses; et pour ôter le cérémonial, on dit qu'on n'appellerait point les rois Votre Majesté, et que ceux qui le feraient paieraient une amende d'un louis. Il n'y avait qu'un quart d'heure qu'on était à table, lorsqu'on vit entrer une petite vieille assez mal habillée. Tity et Éveillé qui la reconnurent, furent audevant d'elle; mais, comme elle leur fit un d'oeil, ils pensèrent qu'elle ne voulait pas être connue; ils dirent donc au roi Violent et aux princesses qu'ils leur demandaient la permission de leur présenter une de leurs bonnes amies qui venait leur demander à souper. La vieille, sans façon, se plaça dans un fauteuil qui était auprès de Violent et que personne n'avait osé prendre par respect; elle dit à ce prince:

Comme les amis de nos amis sont nos amis, vous permettez que j'en use librement avec vous.

Violent, qui était un peu fier, fut décontenancé de la familiarité de cette vieille; mais il n'en fit rien paraître. On avait averti la bonne femme de l'amende qu'on paierait toutes les fois qu'on dirait Votre Majesté; cependant, à peine futelle à table, qu'elle dit à Violent:

Votre Majesté me paraît surprise de la liberté que je prends; mais c'est une vieille habitude, et je suis trop âgée pour me réformer; ainsi Votre Majesté voudra bien me pardonner.

A l'amende! s'écria Violent, vous devez deux louis.

Que Votre Majesté ne se fâche pas, dit la vieille, j'avais oublié qu'il ne fallait pas dire Votre Majesté; mais Votre Majesté ne pense pas qu'en défendant de dire Votre Majesté, vous faites souvenir tout le monde de se tenir dans ce respect gênant que vous voulez bannir. C'est comme ceux qui, pour se familiariser, disent à ceux qu'ils reçoivent à leurs tables, quoiqu'ils soient audessous d'eux: "Buvez à ma santé!" Il n'y a rien de si impertinent que cette bontélà; c'est comme s'ils leur disaient: "Souvenezvous bien que vous n'êtes pas faits pour boire à ma santé, si je ne vous en donnais pas la permission." Ce que j'en dis, au reste, n'est pas pour m'exempter de payer l'amende; je dois six louis, les voilà.

En même temps, elle tira de sa poche une bourse aussi usée qui si elle eût été faite depuis cent ans, et jeta les six pièces sur la table. Violent ne savait s'il devait rire ou se fâcher du discours de la vieille; il était sujet à se mettre en colère pour un rien, et son sang commençait à s'échauffer. Toutefois il résolu de se faire violence, par considération pour Tity; et prenant la chose en badinant:

Eh bien, ma bonne mère, ditil à la vieille, parlez à votre fantaisie; soit que vous disiez Votre Majesté ou non, je ne veux pas moins être un de vos amis.

J'y compte bien, reprit la vieille; c'est pour cela que j'ai pris la liberté de dire mon sentiment, et je le ferai toutes les fois que j'en trouverai l'occasion car on ne peut rendre un plus grand service à ses amis que de les avertir dès qu'on croit qu'ils font mal.

Il ne faudrait pas vous y fier, répondit Violent; il y a des moments où je ne recevrais pas volontiers de tels avis.

Avouez, mon prince, lui dit la vieille, que vous n'êtes pas loin d'un de ces moments, et que vous donneriez bien quelque chose pour avoir la liberté de m'envoyer promener tout à mon aise. Voilà nos héros: ils seraient au désespoir qu'on leur reprochât d'avoir fui devant un ennemi et de lui avoir cédé la victoire sans combat, et ils avouent de sangfroid qu'ils n'ont pas le courage de résister à leur colère; comme s'il n'était pas plus honteux de céder lâchement à une passion qu'à un ennemi qu'il n'est pas toujours en notre pouvoir de vaincre. Mais changeons de discours, celuici ne vous est pas agréable; permettez que je fasse entrer mes pages, qui ont quelques présents à faire à la compagnie.

Dans le moment, la vieille frappa sur la table, et l'on vit entrer par les quatre fenêtres de la salle quatre enfants ailés qui étaient les plus beaux du monde. Ils portaient chacun une corbeille pleine de divers bijoux d'une richesse étonnante. Le roi Violent, ayant en même temps jeté les yeux sur la vieille, fut surpris de la voir changée en une dame si belle et si richement parée, qu'elle éblouissait les yeux.

Ah! madame, ditil à la fée, je vous reconnais pour la marchande de nèfles et de noisettes qui me mit si fort en colère; pardonnez au peu d'égards que j'ai eus pour vous, je n'avais pas l'honneur de vous connaître.

Cela doit vous faire voir qu'il ne faut jamais manquer d'égards pour personne, reprit la fée. Mais, mon prince, pour vous montrer que je n'ai point de rancune, je veux vous faire deux présents. Le premier est ce gobelet; il est fait d'un seul diamant, mais ce n'est pas là ce qui le rend précieux; toutes les fois que vous serez tenté de vous mettre en colère, emplissez ce verre d'eau et le buvez en trois fois, et vous sentirez la passion se calmer pour faire place à la raison. Si vous profitez de ce premier présent, vous vous rendrez digne du second. Je sais que vous aimez la princesse Blanche; elle vous trouve fort aimable, mais elle craint vos emportements, et ne vous épousera qu'à condition que vous ferez usage du gobelet.

Violent, surpris de ce que la fée connaissait si bien ses défauts et ses inclinations, avoua qu'en effet il se croirait fort heureux d'épouser Blanche.

Mais, ajoutatil, il me reste un obstacle à vaincre: quand même je serais assez heureux pour obtenir le consentement de Blanche, je me ferais toujours un scrupule de me remarier, par la crainte de priver ma fille d'une couronne.

Ce sentiment est beau, dit la fée, il se trouve peu de pères capables de sacrifier leurs inclinations au bonheur de leurs enfants; mais que cela ne vous arrête point. Le roi Mogolan, qui était un de mes amis, vient de mourir sans enfants; et, par mon conseil, il a disposé de sa couronne en faveur de l'Eveillé. Il n'est pas né prince, mais il mérite de le devenir; il aime la princesse Elise, elle est digne d'être la récompense de la fidélité de l'Eveillé; et si son père y consent, je suis sûre qu'elle lui obéira sans répugnance.

Elise rougit à ce discours: il est vrai qu'elle avait trouvé l'Eveillé fort aimable, et qu'elle avait écouté avec plaisir ce qu'on lui avait raconté de sa fidélité pour son maître.

Madame, dit Violent, nous avons pris l'habitude de nous parler à coeur ouvert. J'estime l'Éveillé; et si l'usage ne me liait pas les mains, je n'aurais pas besoin de lui voir une couronne pour lui donner ma fille; mais les hommes, et surtout les rois, doivent respecter les usages reçus: et ce serait blesser ces usages que de donner ma fille à un simple gentilhomme, elle qui sort d'une des plus anciennes familles du monde, car vous savez bien que depuis trois cents ans nous occupons le trône.

Mon prince, lui dit la fée, vous ignorez que la famille de l'Éveillé est tout aussi ancienne que la vôtre, puisque vous êtes parents, et que vous sortez des deux frères; encore l'Éveillé doitil avoir le pas, car il est sorti de l'aîné, et votre père n'était que le cadet.

Si vous voulez me prouver cela, dit le roi Violent, je jure de donner ma fille à l'Éveillé, quand même les sujets du feu roi Mogolan refuseraient de le reconnaître pour maître.

Rien de plus facile que de vous prouver l'ancienneté de la maison de l'Éveillé, dit la fée. Il sort d'Elisa, l'aîné des fils de Japhet, fils de Noé, qui s'établit dans le Péloponnèse, et vous sortez du second fils de ce même Japhet.

Il n'y eut personne qui n'eût beaucoup de peine à s'empêcher d'éclater de rire en voyant que la fée se moquait si sérieusement de Violent. Pour lui, la colère commençait à s'emparer de ses sens, lorsque la princesse Blanche, qui était à côté de lui, lui présenta le gobelet de diamant: il le but en trois coups, comme la fée le lui avait commandé; et pendant cet intervalle il pensa en luimême qu'effectivement tous les hommes étaient réellement égaux dans leur naissance, puisqu'ils sortaient tous de Noé, et qu'il n'y avait de vraie différence entre eux que celle qu'ils y mettaient par leurs vertus. Ayant achevé de vider son verre, il dit à la fée:

En vérité, madame, je vous ai beaucoup d'obligation, vous venez de me corriger des deux grands défauts, de mon entêtement sur ma noblesse et de l'habitude de me mettre en colère. J'admire la vertu du gobelet dont vous m'avez fait présent; à mesure que je buvais, j'ai senti ma colère se calmer, et les réflexions que j'ai faites dans l'intervalle des trois coups que j'ai bus ont achevé de me rendre raisonnable.

Je ne veux pas vous tromper, lui dit la fée; il n'y a aucune vertu dans le gobelet dont je vous ai fait présent, que vous trouvez si beau, et je veux apprendre à toute la compagnie en quoi consiste le sortilége de cette eau bue en trois coups. Un homme raisonnable ne se mettrait jamais en colère si cette passion ne le surprenait pas et lui laissait le temps de réfléchir: or, en se donnant la peine de faire remplir ce gobelet d'eau, en le buvant en trois fois, on prend du temps, les sens se calment, les réflexions viennent, et lorsque cette cérémonie est achevée, la raison a eu le temps de prendre le dessus sur la passion.

En vérité, lui dit Violent, j'en ai plus appris aujourd'hui que pendant le reste de ma vie. Heureux Tity! vous deviendrez le plus grand prince du monde avec une telle protectrice; mais je vous conjure d'employer le pouvoir que vous avez sur l'esprit de madame à la faire souvenir qu'elle m'a promis d'être de mes amies.

Je m'en souviens trop bien pour l'oublier, dit la fée, et je vous en ai déjà donné des preuves; je continuerai à le faire tant que vous serez docile, et j'espère que ce sera jusqu'à la fin de votre vie. Aujourd'hui ne pensons plus qu'à nous divertir, pour célébrer votre mariage, et celui de la princesse Elise.

En même temps, on avertit Tity que les officiers qu'il avait chargés d'acheter toutes les terres et les maisons qui environnaient celle de Biby demandaient à lui parler. Il commanda qu'on les fît entrer, et ils lui montrèrent le dessin de l'ouvrage qu'ils voulaient faire en cette petite maison. Ils y avaient ajouté un grand jardin et un beau parc qui aurait été parfait s'ils eussent pu abattre une maisonnette qui se trouvait au beau milieu d'une des allées de ce parc, et qui en gâtait la symétrie.

Et pourquoi n'avezvous pas ôté cette bicoque? dit le roi Violent en parlant aux officiers et aux architectes.

Seigneur, lui répondirentils, notre roi nous avait défendu de faire violence à qui que ce fût; et il s'est trouvé un homme qui n'a jamais voulu vendre sa maison, quoique nous ayons offert de la lui payer quatre fois plus qu'elle ne vaut.

Si ce coquinlà était mon sujet, je le ferais pendre, dit Violent.

Vous videriez votre gobelet auparavant, dit la fée.

Je crois que le gobelet ne saurait lui sauver la vie, répondit Violent, car enfin n'estil pas horrible qu'un roi ne soit pas maître dans ses États, et qu'il soit contraint d'abandonner un ouvrage qu'il souhaite d'achever, par l'obstination d'un faquin qui devrait s'estimer trop heureux de faire sa fortune en obligeant son maître, sans le forcer à employer la rigueur ou à abandonner son dessein?

Je ne ferai ni l'un ni l'autre, dit Tity en riant, et je prétends que cette maison soit le plus bel ornement de mon parc.

Oh! je vous en défie, dit Violent; elle est tellement placée, qu'elle ne peut servir qu'à le gâter.

Voici ce que je ferai, dit Tity; elle sera environnée d'une muraille assez haute pour empêcher cette homme d'entrer dans mon parc, mais pas assez pour lui en ôter la vue; car il ne serait pas juste de l'enfermer comme dans une prison; cette muraille continuera des deux côtés, et l'on y lira ces paroles écrites en lettres d'or: Un roi qui fit bâtir ce parc aima mieux lui laisser ce défaut que de devenir injuste à l'égard d'un de ses sujets en lui ravissant l'héritage de ses pères, sur lequel il n'avait d'autre droit que celui de la force.

Tout ce que je vois me confond, dit Violent; j'avoue que je n'avais pas même l'idée des vertus héroïques qui font les grands hommes. Oui, Tity, cette muraille fera l'ornement de votre parc, et la belle action que vous faites en l'élevant sera l'ornement de votre vie. Mais, madame, d'où vient que Tity se porte naturellement aux grandes vertus dont je n'ai pas même l'idée, comme je vous l'ai dit?

Grand roi, lui répondit la fée, Tity, élevé par des parents qui ne pouvaient pas le souffrir, a toujours été contredit depuis qu'il est au monde; il s'est accoutumé, par conséquent, à soumettre sa volonté à celle d'autrui dans toutes les choses indifférentes. Comme il n'avait aucun pouvoir dans le royaume pendant la vie de son père, qu'il ne pouvait accorder aucune grâce, qu'on savait que le roi avait envie de le déshériter, les flatteurs n'ont pas daigné le gâter, parce qu'ils ne croyaient pas avoir rien à craindre ni à espérer de lui: ils l'ont abandonné aux honnêtes gens que le seul devoir attachait à sa personne; et, dans leur compagnie, il a appris qu'un roi, qui est le maître absolu de faire le bien, doit avoir les mains liées lorsqu'il est question de faire le mal; qu'il commande à des hommes libres, et non à des esclaves; que les peuples ne se sont soumis à leurs égaux, en leur donnant la couronne, que pour se donner des pères à euxmêmes, des protecteurs aux lois, un refuge aux pauvres et aux opprimés. Vous n'avez jamais entendu ces grandes vérités; devenu roi dès l'âge de douze ans, les gouverneurs à qui l'on avait confié votre éducation n'ont pensé qu'à faire leur fortune en gagnant vos bonnes grâces. Ils ont appelé votre orgueil noble fierté, vos emportements des vivacités excusables; en un mot, ils ont fait jusqu'à ce jour votre malheur et celui de vos propres sujets, que vous avez regardés et traités en esclaves parce que vous pensiez qu'ils n'étaient au monde que pour servir à vos caprices; au lieu que, dans la vérité, vous n'y êtes que pour servir à les protéger et à les défendre.

Violent convint des vérités que lui disait la fée: instruit de ses devoirs, il s'appliqua à se vaincre pour les remplir, et il fut encouragé dans ses bonnes résolutions par l'exemple de Tity et de l'Éveillé, qui conservèrent sur le trône les vertus qu'ils y avaient apportées.

LA GRENOUILLE BIENFAISANTE.

Il était une fois un roi qui soutenait depuis longtemps une guerre contre ses voisins: après plusieurs batailles, on mit le siége devant sa ville capitale; il craignit pour la reine et il la pria de se retirer dans un château qu'il avait fait fortifier et où il n'était jamais allé qu'une fois. La reine employa les prières et les larmes pour lui persuader de la laisser auprès de lui; elle voulait partager sa fortune, et jeta les hauts cris lorsqu'il la mit dans son chariot pour la faire partir. Cependant il ordonna à ses gardes de l'accompagner, et lui promit de se dérober le plus secrètement qu'il pourrait pour l'aller voir: c'était une espérance dont il la flattait, car le château était fort éloigné, environné d'une épaisse forêt, et à moins d'en savoir bien les routes l'on n'y pouvait arriver.

La reine partit trèsattendrie de laisser son mari dans les périls de la guerre. On la conduisait à petites journées, de crainte qu'elle ne fût malade de la fatigue d'un si long voyage; enfin elle arriva dans son château, bien inquiète et bien chagrine. Après qu'elle se fut assez reposée, elle voulut se promener aux environs, et elle ne trouvait rien qui pût la divertir; elle jetait les yeux de tous côtés: elle voyait de grands déserts qui lui donnaient plus de chagrins que de plaisirs; elle les regardait tristement, et disait quelquefois:

Quelle comparaison du séjour où je suis à celui où j'ai été toute ma vie! si j'y reste encore longtemps, il faut que je meure: à qui parler dans ces lieux solitaires? avec qui puisje soulager mes inquiétudes? et qu'aije fait au roi pour m'avoir exilée? Il semble qu'il veuille me faire ressentir toute l'amertume de son absence, lorsqu'il me relègue dans un château si désagréable.

C'est ainsi qu'elle se plaignait. Et quoiqu'il lui écrivît tous les jours, et qu'il lui donnât de fort bonnes nouvelles du siége, elle s'affligeait de plus en plus, et prit la résolution de s'en retourner auprès du roi; mais comme les officiers qu'il lui avait donnés avaient ordre de ne la ramener que lorsqu'il lui enverrait un courrier exprès, elle ne témoigna point ce qu'elle méditait, et se fit faire un petit char, où il n'y avait place que pour elle, disant qu'elle voulait aller quelquefois à la chasse. Elle conduisait ellemême les chevaux, et suivait les chiens de si près, que les veneurs allaient moins vite qu'elle; par ce moyen elle se rendait maîtresse de son char, et de s'en aller quand elle voudrait. Il n'y avait qu'une difficulté, c'est qu'elle ne savait point les routes de la forêt; mais elle se flatta que les dieux la conduiraient à bon port; et après leur avoir fait quelques petits sacrifices, elle dit qu'elle voulait qu'on fît une grande chasse, et que tout le monde y vînt, qu'elle monterait dans son char, que chacun irait par différentes routes pour ne laisser aucunes retraites, aux bêtes sauvages. Ainsi l'on se partagea. La jeune reine, qui croyait bientôt revoir son époux, avait pris un habit trèsavantageux, sa capeline était couverte de plumes de différentes couleurs, sa veste toute garnie de pierreries; et sa beauté, qui n'avait rien de commun, la faisait paraître une seconde Diane.

Dans le temps qu'on était le plus occupé du plaisir de la chasse elle lâcha la bride à ses chevaux, et les anima de la voix et de quelques coups de fouet; après avoir marché assez vite, ils prirent le galop, et ensuite le mors aux dents; le chariot semblait traîné par les vents, les yeux auraient eu peine à le suivre; la pauvre reine se repentit, mais trop tard, de sa témérité.

Qu'aije prétendu? disaitelle; me pouvaitil convenir de conduire toute seule des chevaux si fiers et si peu dociles? Hélas! que vatil m'arriver? Ah! si le roi me croyait exposée au péril où je suis, que deviendraitil, lui qui m'aime si chèrement, et qui ne m'a éloignée de sa ville capitale que pour me mettre en plus grande sûreté?

L'air retentissait de ses douloureuses plaintes; elle invoquait les dieux, elle appelait les fées à son secours, et les dieux et les fées l'avaient abandonnée: le chariot fut renversé, elle n'eut pas la force de se jeter assez promptement à terre, son pied demeura pris entre la roue et l'essieu. Il est aisé de croire qu'il ne fallait pas moins qu'un miracle pour la sauver après un si terrible accident.

Elle resta enfin étendue sur la terre au pied d'un arbre; elle n'avait ni pouls ni voix, son visage était tout couvert de sang. Elle était demeurée longtemps en cet état; lorsqu'elle ouvrit les yeux, elle vit auprès d'elle une femme d'une grandeur gigantesque, couverte seulement de la peau d'un lion, ses bras étaient nus, ses cheveux noués ensemble avec une peau sèche de serpent, dont la tête pendait sur ses épaules, une massue de pierre à la main, qui lui servait de canne pour s'appuyer, et un carquois plein de flèches au côté. Une figure si extraordinaire persuada la reine qu'elle était morte, car elle ne croyait pas qu'après de si grands accidents elle dût vivre encore, et parlant tout bas:

Je ne suis point surprise, ditelle, qu'on ait tant de peine à se résoudre à la mort, ce qu'on voit en l'autre monde est bien affreux!

La géante qui l'écoutait ne put s'empêcher de rire de l'opinion où elle était d'être morte:

Reprends tes esprits, lui ditelle, sache que tu es encore au nombre des vivants; mais ton sort ne sera guère moins triste. Je suis la fée Lionne, qui demeure proche d'ici; il faut que tu viennes passer ta vie avec moi.

La reine la regarda tristement, et lui dit:

Si vous vouliez, madame Lionne, me ramener dans mon château et prescrire au roi ce qu'il vous donnera pour ma rançon, il m'aime si chèrement qu'il ne refuserait pas même la moitié de son royaume.

Non, lui ditelle, je suis suffisamment riche; je m'ennuyais depuis quelque temps d'être seule, tu as de l'esprit, peutêtre que tu me divertiras.

En achevant ces paroles, elle prit la figure d'une lionne, et chargeant la reine sur son dos, elle l'emporta au fond de sa terrible grotte; dès qu'elle y fut, elle la guérit avec une liqueur dont elle la frotta.

Quelle surprise et quelle douleur pour la reine de se voir dans cet affreux séjour! L'on y descendait par dix mille marches, qui conduisaient jusqu'au centre de la terre, où se trouvait un grand lac de vifargent couvert de monstres dont les différentes figures auraient épouvanté une reine moins timide. Quelques racines sèches et des marrons d'Inde, c'est tout ce qui s'offrait pour soulager la faim des infortunés qui tombaient entre les mains de la fée Lionne.

Sitôt que la reine se trouva en état de travailler, la fée lui dit qu'elle pouvait se faire une cabane, parce qu'elle resterait toute sa vie avec elle. A ces mots, cette princesse n'eut pas la force de retenir ses larmes:

Hé! que vous aije fait, s'écriatelle, pour me garder ici? Si la fin de ma vie, que je sens approcher, vous cause quelque plaisir, donnezmoi la mort, c'est tout ce que j'ose espérer de votre pitié; mais ne me condamnez point à passer une longue et déplorable vie sans mon époux.

La Lionne se moqua de sa douleur, et lui dit qu'elle lui conseillait d'essuyer ses pleurs, et d'essayer de lui plaire; que si elle prenait une autre conduite, elle serait la plus malheureuse personne du monde.

Que fautil donc faire, répliqua la reine, pour toucher votre coeur?

J'aime, lui ditelle, les pâtés de mouches; je veux que vous trouviez le moyen d'en avoir assez pour m'en faire un trèsgrand et trèsexcellent.

Mais, lui dit la reine, je n'en vois point ici! quand il y en aurait, il ne fait pas assez clair pour les attraper; et quand je les attraperais, je n'ai jamais fait de pâtisserie: de sorte que vous me donnez des ordres que je ne puis exécuter.

N'importe, dit l'impitoyable Lionne, je veux ce que je veux.

La reine ne répliqua rien; elle pensa qu'en dépit de la cruelle fée, elle n'avait qu'une vie à perdre, et en l'état où elle était, que pouvaitelle craindre? Au lieu donc d'aller chercher des mouches, elle s'assit sous un if, pour y pleurer tout à son aise.

Elle aurait ainsi pleuré longtemps, si elle n'avait pas entendu audessus de sa tête le triste croassement d'un corbeau. Elle leva les yeux, et à la faveur du peu de lumière qui éclairait le rivage, elle vit en effet un gros corbeau qui tenait une grenouille, bien intentionné de la croquer.

Encore que rien ne se présente ici pour me soulager, ditelle, je ne veux pas négliger de sauver une pauvre grenouille, qui est aussi affligée en son espèce que je le suis dans la mienne.

Elle se servit du premier bâton qu'elle trouva sous sa main, et fit quitter prise au corbeau. La grenouille tomba, resta quelque temps étourdie, et reprenant ensuite ses esprits grenouilliques:

Belle reine, lui ditelle, vous êtes la seule personne bienfaisante que j'aie vue en ces lieux, depuis que la curiosité m'y a conduite.

Par qu'elle merveille parlezvous, petite grenouille, répondit la reine, et qui sont les personnes que vous voyez ici? car je n'en ai encore aperçu aucune.

Tous les monstres dont ce lac est couvert, reprit Grenouillette, ont été dans le monde, les uns sur le trône, les autres dans la confidence de leurs souverains; le destin les envoie ici pour quelque temps, sans qu'aucuns de ceux qui y viennent retournent meilleurs et se corrigent.

Je comprends bien, dit la reine, que plusieurs méchants ensemble n'aident pas à s'amender; mais à votre égard, ma commère la grenouille, que faitesvous ici?

La curiosité m'a fait entreprendre d'y venir, répliquatelle; je suis demifée, mon pouvoir est borné en de certaines choses et fort étendu en d'autres: si la fée Lionne me reconnaissait dans ses États, elle me tuerait.

Comment estil possible, lui dit la reine, que, fée ou demifée, un corbeau ait été prêt à vous manger?

Deux mots vous le feront comprendre, répondit la grenouille: lorsque j'ai mon petit chaperon de roses sur ma tête, dans lequel consiste ma plus grande vertu, je ne crains rien; mais malheureusement je l'avais laissé dans le marécage, quand ce maudit corbeau est venu fondre sur moi. J'avoue, madame, que sans vous je ne serais plus; et puisque je vous dois la vie, si je peux quelque chose pour le soulagement de la vôtre, vous pouvez m'ordonner tout ce qu'il vous plaira.

Hélas! ma chère grenouille, dit la reine, la mauvaise fée qui me retient captive veut que je lui fasse un pâté de mouches; il n'y en a point ici; quand il y en aurait, on n'y voit pas assez clair pour les attraper; et je cours grand risque de mourir sous ses coups.

Laissezmoi faire, dit la grenouille, avant qu'il soit peu je vous en fournirai.

Elle se frotta aussitôt de sucre, et plus de six mille grenouilles de ses amies en firent autant: elle fut ensuite dans un endroit rempli de mouches; la méchante fée en avait là un magasin, exprès pour tourmenter de certains malheureux. Dès qu'elles sentirent le sucre, elles s'y attachèrent. Et les officieuses grenouilles revinrent au grand galop où la reine était. Il n'a jamais été une telle capture de mouches, ni un meilleur pâté que celui qu'elle fit à la fée Lionne. Quand elle le lui présenta, elle en fut trèssurprise: ne comprenant point par quelle adresse elle avait pu les attraper.

La reine étant exposée à toutes les intempéries de l'air, qui était empoisonné, coupa quelques cyprès pour commencer à bâtir sa maisonnette. La grenouille vint lui offrir généreusement ses services, et se mettant à la tête de toutes celles qui avaient été quérir les mouches, elles aidèrent à la reine à élever un petit bâtiment, le plus joli du monde; mais elle y fut à peine couchée, que les monstres du lac, jaloux de son repos, vinrent la tourmenter par le plus horrible charivari que l'on eût entendu jusqu'alors. Elle se leva tout effrayée et s'enfuit; c'est ce que les monstres demandaient. Un dragon, jadis tyran d'un des plus beaux royaumes de l'univers, en prit possession.

La pauvre reine affligée voulut s'en plaindre, mais vraiment on se moqua bien d'elle; les monstres la huèrent, et la fée Lionne lui dit que si à l'avenir elle l'étourdissait de ses lamentations elle la rouerait de coups. Il fallut se taire et recourir à la grenouille, qui était bien la meilleure personne du monde. Elles pleurèrent ensemble; car, aussitôt qu'elle avait son chaperon de roses, elle était capable de rire et de pleurer tout comme un autre.

J'ai, lui ditelle, une si grande amitié pour vous que je veux recommencer votre bâtiment, quand tous les monstres du lac devraient s'en désespérer.

Elle coupa surlechamp du bois, et le petit palais rustique de la reine se trouva fait en si peu de temps qu'elle s'y retira la même nuit.

La grenouille attentive à tout ce qui était nécessaire à la reine, lui fit un lit de serpolet et de thym sauvage. Lorsque la méchante fée sut que la reine ne couchait plus par terre, elle l'envoya querir:

Quels sont donc les hommes ou les dieux qui vous protégent? lui ditelle. Cette terre, toujours arrosée d'une pluie de soufre et de feu, n'a jamais rien produit qui vaille une feuille de sauge; j'apprends malgré cela que les herbes odoriférantes croissent sous vos pas!

J'en ignore la cause, madame, lui dit la reine.

L'envie me prend, dit la fée, d'avoir un bouquet des fleurs les plus rares; essayez votre fortune; si vous y manquez, vous ne manquerez pas de coups; car j'en donne souvent, et je les donne toujours à merveille.

La reine se prit à pleurer; de telles menaces ne lui convenaient guère, et l'impossibilité de trouver des fleurs la mettait au désespoir.

Elle s'en retourna dans sa maisonnette; son amie la grenouille y vint:

Que vous êtes triste! ditelle à la reine.

Hélas! ma chère commère, qui ne le serait? La fée veut un bouquet des plus belles fleurs; où les trouveraije? Vous voyez celles qui naissent ici; il y va cependant de ma vie, si je ne la satisfais.

Aimable princesse, dit gracieusement la grenouille, il faut tâcher de vous tirer de l'embarras où vous êtes: il y a ici une chauvesouris, qui est la seule avec qui j'ai lié commerce; c'est une bonne créature, elle va plus vite que moi; je lui donnerai mon chaperon de feuilles de roses; avec ce secours elle vous trouvera des fleurs.

La reine lui fit une profonde révérence; car il n'y avait pas moyen d'embrasser Grenouillette.

Celleci alla aussitôt parler à la chauvesouris et, quelques heures après, elle revint cachant sous ses ailes des fleurs admirables. La reine les porta bien vite à la mauvaise fée, qui demeura encore plus surprise qu'elle ne l'eût été: ne pouvant comprendre par quel miracle la reine était si bien servie.

Cette princesse rêvait incessamment aux moyens de pouvoir s'échapper. Elle communiqua son envie à la bonne grenouille, qui lui dit:

Madame, permettezmoi, avant toutes choses, de consulter mon petit chaperon et nous agirons ensuite selon ses conseils.

Elle le prit; l'ayant mis sur un fétu, elle brûla devant quelques brins de genièvre, des câpres, et deux petits pois verts; elle coassa cinq fois; puis la cérémonie finie, remettant le chaperon de roses, elle commença à parler comme un oracle.

Le destin, maître de tout, ditelle, vous défend de sortir de ces lieux; vous y aurez une princesse plus belle que la mère des Amours: ne vous mettez point en peine du reste, le temps seul peut vous soulager.

La reine baissa les yeux, quelques larmes en tombèrent, et elle prit la résolution de croire son amie.

Mais il est temps de parler du roi. Pendant que ses ennemis le tenaient assiégé dans sa ville capitale, il ne pouvait envoyer sans cesse des courriers à la reine: cependant ayant fait plusieurs sorties, il les obligea de se retirer; et il ressentit bien moins le bonheur de cet événement, par rapport à lui, qu'à sa chère reine, qu'il pouvait aller querir sans crainte. Il ignorait son désastre; aucun de ses officiers n'avait osé l'en aller avertir. Ils avaient trouvé dans la forêt le chariot en pièces, les chevaux échappés, et toute la parure d'amazone qu'elle avait mise pour l'aller trouver.

Comme ils ne doutèrent point de sa mort, et qu'ils crurent qu'elle avait été dévorée, il ne fut question entre eux que de persuader au roi qu'elle était morte subitement. A ces funestes nouvelles, il pensa mourir luimême de douleur; cheveux arrachés, larmes répandues, cris pitoyables, sanglots, soupirs, et autres menus droits du veuvage, rien ne fut épargné en cette occasion.

Après avoir passé plusieurs jours sans voir personne, et sans vouloir être vu, il retourna dans sa grande ville, traînant après lui un long deuil, qu'il portait mieux dans le coeur que dans ses habits. Tous les ambassadeurs des rois ses voisins vinrent le complimenter; et après les cérémonies qui sont inséparables de ces sortes de catastrophes il s'attacha à donner du repos à ses sujets, en les exemptant de guerre et leur procurant un grand commerce.

La reine ignorait toutes ces choses: le temps vint que; le ciel lui donna une petite princesse, aussi belle que Grenouillette l'avait prédit; elles la nommèrent Moufette; et la reine, avec bien de la peine, obtint permission de la fée Lionne de la nourrir; car elle avait grande envie de la manger, tant elle était barbare et féroce.

Moufette, la merveille de nos jours, avait déjà six mois, et la reine en la regardant avec une tendresse mêlée de pitié disait sans cesse:

Ah! si le roi ton père te voyait, ma pauvre petite, qu'il aurait de joie, que tu lui serais chère! Mais peutêtre dans ce moment même il commence à m'oublier: il nous croit ensevelies pour jamais dans les horreurs de la mort; peutêtre, disje, qu'une autre occupe dans son coeur la place qu'il m'y avait donnée!

Ces tristes réflexions lui coûtaient bien des larmes; la grenouille, qui l'aimait de bonne foi, la voyant pleurer ainsi, lui dit un jour:

Si vous voulez, madame, j'irai trouver le roi votre époux; le voyage est long; je chemine lentement; mais enfin, un peu plus tôt ou un peu plus tard, j'espère arriver. Cette proposition ne pouvait être plus agréablement reçue qu'elle ne le fut; la reine joignit ses mains et les fit même joindre à Moufette, pour marquer à madame la grenouille l'obligation qu'elle lui aurait d'entreprendre un tel voyage. Elle l'assura que le roi n'en serait pas ingrat.

Mais, continuatelle, de quelle utilité lui pourra être de me savoir dans ce triste séjour, il lui sera impossible de m'en retirer?

Madame, reprit la grenouille, il faut laisser ce soin aux dieux et faire de notre côté ce qui dépend de nous.

Aussitôt elles se dirent adieu: la reine écrivit au roi, avec son propre sang, sur un petit morceau de linge, car elle n'avait ni encre ni papier. Elle le priait de croire en toutes choses la vertueuse grenouille qui l'allait informer de ses nouvelles.

Elle fut un an et quatre jours à monter les dix mille marches qu'il y avait depuis la plaine noire, où elle laissait la reine, jusqu'au monde, et elle demeura une autre année à faire faire son équipage; car elle était trop fière pour vouloir paraître dans une grande cour comme une méchante grenouillette de marécage. Elle fit faire une litière assez grande pour mettre commodément deux oeufs; elle était couverte toute d'écaille de tortue en dehors, doublée de peau de jeune lézards; elle avait cinquante filles d'honneur; c'étaient de ces petites reines vertes qui sautillent dans les prés; chacune était montée sur un escargot, avec une selle à l'anglaise, la jambe sur Pardon, d'un air merveilleux; plusieurs rats d'eau, vêtus en pages, précédaient les limaçons auxquels elle avait confié la garde de sa personne: enfin rien n'a jamais été si joli, surtout son chaperon de roses vermeilles, toujours fraîches et épanouies, lui seyait le mieux du monde. Elle était un peu coquette de son métier; cela l'avait obligée de mettre du rouge et des mouches: l'on dit même qu'elle était fardée, comme sent la plupart des dames de ces payslà; mais la chose approfondie, l'on a trouvé que c'étaient ses ennemis qui en parlaient ainsi.

Elle demeura sept ans à faire son voyage, pendant lesquels la pauvre reine souffrit des maux et des peines inexprimables; et sans la belle Moufette, qui la consolait, elle serait morte cent et cent fois. Cette merveilleuse petite créature n'ouvrait pas la bouche et ne disait pas un mot qu'elle ne charmât sa mère, il n'était pas jusqu'à la fée Lionne qu'elle n'eût apprivoisée; et enfin, au bout de six ans que la reine avait passes dans cet horrible séjour, elle voulut bien la mener à la chasse, à condition que tout ce qu'elle tuerait serait pour elle.

Quelle joie pour la pauvre reine de revoir le soleil! Elle en avait si fort perdu l'habitude, qu'elle en pensa devenir aveugle. Pour Moufette, elle était si adroite, qu'à cinq ou six ans, rien n'échappait aux coups qu'elle tirait; par ce moyen, la mère et la fille adoucissaient un peu la férocité de la fée.

Grenouille chemina par monts et par vaux, de jour et de nuit; enfin elle arriva proche de la ville capitale où le roi faisait son séjour; elle demeura surprise de ne voir partout que des danses et des festins; on riait, on chantait, et plus elle approchait de la ville, plus elle trouvait de joie et de jubilation. Son équipage marécageux surprenait tout le monde: chacun la suivait, et la foule devint si grande lorsqu'elle entra dans la ville, qu'elle eut beaucoup de peine à parvenir jusqu'au palais; c'est en ce lieu que tout était dans la magnificence. Le roi, veuf depuis neuf ans, s'était enfin laissé fléchir aux prières de ses sujets; il allait se marier à une princesse moins belle, à la vérité, que sa femme, mais qui ne laissait pas d'être fort agréable.

La bonne grenouille étant descendue de sa litière entra chez le roi, suivie de tout son cortège. Elle n'eut pas besoin de demander audience; le monarque, sa fiancée et tous les princes avaient trop d'envie de savoir le sujet de sa venue pour l'interrompre.

Sire, ditelle, je ne sais si la nouvelle que je vous apporte vous donnera de la joie ou de la peine, les noces que vous êtes sur le point de faire me persuadent votre infidélité pour la reine...

Son souvenir m'est toujours cher, dit le roi en versant quelques larmes qu'il ne put retenir; mais il faut que vous sachiez, gentille grenouille, que les rois ne font pas toujours ce qu'ils veulent: il y a neuf ans que mes sujets me pressent de me remarier, je leur dois des héritiers, ainsi j'ai jeté les yeux sur cette jeune princesse, qui me parait toute charmante.

Je ne vous conseille pas de l'épouser, car la polygamie est un cas pendable; la reine n'est point morte, voici une lettre, écrite de son sang, dont elle m'a chargée: vous avez une petite princesse, Moufette, qui est plus belle que tous les cieux ensemble.

Le roi prit le chiffon où la reine avait griffonné quelques mots, il le baisa, il l'arrosa de ses larmes, il le fit voir à toute l'assemblée, disant qu'il reconnaissait fort bien le caractère de sa femme: il fit mille questions à la grenouille, auxquelles elle répondit avec autant d'esprit que de vivacité. La princesse fiancée et les ambassadeurs chargés de voir célèbrer faisaient trèslaide grimace.

Comment, sire, dit le plus célèbre d'entre eux, pouvezvous, sur les paroles d'une crapaudine comme celleci, rompre un hymen si solennel? Cette écume de marécage a l'insolence de venir mentir à votre cour, et goûte le plaisir d'être écoutée!

Monsieur l'ambassadeur, répliqua la grenouille, sachez que je ne suis point écume de marécage; et puisqu'il faut ici étaler ma science, allons, fées et féos, paraissez!

Toutes les grenouillettes, rats, escargots, lézards, et elle à leur tête, parurent en effet, mais ils n'avaient plus la figure de ces vilains petits animaux: leur taille était haute et majestueuse, leur visage agréable, leurs yeux plus brillants que les étoiles: chacun portait une couronne de pierreries sur sa tête et un manteau royal sur ses épaules, de velours doublé d'hermine, avec une longue queue, que des nains et des naines portaient. En même temps, voici des trompettes, timbales, hautbois et tambours qui percent les nues par leurs sons agréables et guerriers: toutes les fées et les féos commencèrent un ballet si légèrement dansé, que la moindre gambade les élevait jusqu'à la voûte du salon. Le roi attentif et la future reine n'étaient pas moins surpris l'un que l'autre, quand ils virent tout d'un coup ces honorables baladins métamorphosés en fleurs qui ne baladinaient pas moins, jasmins, jonquilles, violettes, oeillets et tubéreuses, que lorsqu'ils étaient pourvus de jambes et de pieds. C'était un parterre animé, dont tous les mouvements réjouissaient autant l'odorat que la vue.

Un instant après, les fleurs disparurent, plusieurs fontaines prirent leurs places; elles s'élevaient rapidement, et retombaient dans un large canal, qui se forma au pied du château; il était couvert de petites galères peintes et dorées, si jolies et si galantes, que la princesse convia ses ambassadeurs d'y entrer avec elle pour s'y promener; ils le voulurent bien, pensant que tout cela n'était qu'un jeu, qui se terminerait enfin par d'heureuses noces.

Dès qu'ils furent embarqués, la galère, le fleuve et toutes les fontaines disparurent; les grenouilles redevinrent grenouilles. Le roi demanda où était sa princesse, la grenouille repartit:

Sire, vous n'en devez point avoir d'autre que la reine votre épouse! si j'étais moins de ses amies, je ne me mettrais pas en peine du mariage que vous étiez sur le point de faire; mais elle a tant de mérite, et votre fille Moufette est si aimable, que vous ne devez pas perdre un moment à tâcher de les délivrer.

Je vous avoue, madame la grenouille, dit le roi, que si je ne croyais pas ma femme morte, il n'y à rien au monde que je ne fisse pour la revoir.

Après les merveilles que j'ai faites devant vous, répliquatelle, il me semble que vous devriez être plus persuadé de ce que je vous dis: laissez votre royaume avec de bons ordres, et ne différez pas à partir. Voici une bague qui vous fournira les moyens de voir la reine et de parler à la fée Lionne, quoiqu'elle soit la plus terrible créature qui soit au monde.

Le roi, ne voyant plus la princesse qui lui était destinée, sentit que sa passion pour elle s'affaiblissait fort, et qu'au contraire celle qu'il avait eue pour la reine prenait de nouvelles forces.

Il partit sans vouloir être accompagné de personne, et fit des présents trèsconsidérables à la grenouille.

Ne vous découragez point, lui ditelle, vous aurez de terribles difficultés à surmonter, mais j'espère que vous réussirez dans ce que vous souhaitez.

Le roi, consolé par ces promesses, ne prit point d'autres guides que sa bague pour aller trouver sa chère reine. A mesure que Moufette grandissait, sa beauté se perfectionnait si fort que tous les monstres du lac de vifargent en devinrent amoureux; l'on voyait des dragons d'une figure épouvantable, qui venaient ramper à ses pieds. Bien qu'elle les eût toujours vus, ses beaux yeux ne pouvaient s'y accoutumer; elle fuyait et se cachait entre les bras de sa mère.

Seronsnous longtemps ici, lui disaitelle, nos malheurs ne finirontils point?

La reine lui donnait de bonnes espérances pour la consoler, mais dans le fond elle n'en avait aucune; l'éloignement de la grenouille, son profond silence; tant de temps passé sans avoir aucunes nouvelles du roi, tout cela, disje, l'affligeait avec excès.

La fée Lionne s'accoutuma peu à peu à les mener à la chasse; elle était friande, elle aimait le gibier qu'elles lui tuaient; et pour toute récompense elle leur en donnait les pieds ou la tête; mais c'était encore beaucoup de leur permettre de revoir la lumière du jour. Cette fée prenait la figure d'une lionne, la reine et sa fille s'asseyaient sur elle et couraient ainsi les bois.

Le roi, conduit par sa bague, s'étant arrêté dans une forêt, les vit passer comme un trait qu'on décoche; il n'en fut pas aperçu, mais, voulant les suivre, elles disparurent absolument à ses yeux.

Malgré les continuelles peines de la reine, sa beauté ne s'était point altérée: elle lui parut plus belle que jamais. Tous ses feux se rallumèrent; et ne doutant pas que la jeune princesse qui était avec elle ne fût sa chère Moufette, il résolut de périr mille fois plutôt que d'abandonner le dessein de les ravoir.

L'officieuse bague le conduisit dans l'obscur séjour où était la reine depuis tant d'années; il n'était pas médiocrement surpris de descendre jusqu'au fond de la terre, mais tout ce qu'il y vit l'étonna bien davantage. La fée Lionne, qui n'ignorait rien, savait le jour et l'heure qu'il devait arriver: que n'auraitelle pas fait pour que le destin, d'intelligence avec elle, en eût ordonné autrement! Mais elle résolut au moins de combattre son pouvoir de tout le sien.

Elle bâtit, au milieu du lac de vifargent, un palais de cristal qui voguait comme l'onde, elle y renferma la pauvre reine et sa fille; ensuite elle harangua tous les monstres qui étaient amoureux de Moufette:

Vous perdrez cette belle princesse, leur ditelle, si vous ne vous intéressez avec moi à la défendre contre un chevalier qui vient pour l'enlever.

Les monstres promirent de ne rien négliger de ce qu'ils pouvaient faire; ils entourèrent le palais de cristal, les plus légers se placèrent sur le toit et sur les murs, les autres aux portes, et le reste dans le lac.

Le roi, conseillé par sa fidèle bague, fut d'abord à la caverne de la fée; elle l'attendait sous sa figure de lionne. Dès qu'il parut, elle se jeta sur lui; il mit l'épée à la main avec une valeur qu'elle n'avait point prévue; et comme elle allongeait une de ses pattes pour le terrasser, il la lui coupa à la jointure: c'était justement au coude. Elle poussa un grand cri et tomba: il s'approcha d'elle, il lui mit le genou sur la gorge; il jura par sa foi qu'il l'allait tuer, et, malgré son invulnérable furie, elle ne laissa pas d'avoir peur.

Que me veuxtu, lui ditelle, que me demandestu?

Je veux te punir, répliquatil fièrement, d'avoir enlevé ma femme, et je veux t'obliger à me la rendre ou je t'étranglerai tout à l'heure.

Jette les yeux sur ce lac, ditelle, vois si elle est en mon pouvoir?

Le roi regarda du côté qu'elle lui montrait; il vit la reine et sa fille dans le château de cristal, qui voguait sans rames et sans gouvernail, comme une galère, sur le vifargent.

Il pensa mourir de joie et de douleur: il les appela de toute sa force, et il en fut entendu; mais où les joindre? Pendant qu'il en cherchait les moyens, la fée Lionne disparut.

Il courait le long des bords du lac: quand il était d'un côté, prêt à joindre le palais transparent, il s'éloignait d'une vitesse épouvantable, et ses espérances étaient ainsi toujours déçues. La reine, qui craignait qu'à la fin il ne se lassât, lui criait de ne point perdre courage, que la fée Lionne voulait le fatiguer, mais qu'un véritable amour ne peutêtre rebuté par aucunes difficultés. Làdessus, elle et Moufette lui tendaient la main, prenaient des manières suppliantes. A cette vue, le roi se sentait pénétré de nouveaux traits; il élevait la voix, il jurait par le Styx et l'Achéron de passer plutôt le reste de sa vie dans ces tristes lieux que d'en partir sans elles.

Il fallait qu'il fût doué d'une grande persévérance, car il passait bien mal son temps. La terre, pleine de ronces et couvertes d'épines, lui servait de lit; il ne mangeait que des fruits sauvages, plus amers que du fiel, et il avait sans cesse des combats à soutenir contre les monstres du lac. Un mari qui tient cette conduite pour revoir sa femme est assurément du temps des fées, et son procédé marque assez l'époque de mon conte.

Trois années s'écoulèrent sans que le roi eût lieu de se promettre aucuns avantages, il était presque désespéré; il prit cent fois la résolution de se jeter dans le lac, et il l'aurait fait s'il avait pu envisager ce dernier coup comme un remède aux peines de la reine et de la princesse. Il courait à son ordinaire, tantôt d'un côté, tantôt d'un autre lorsqu'un dragon affreux l'appela et lui dit:

Si vous voulez me jurer par votre couronne et par votre sceptre, par votre manteau royal, par votre femme et votre fille, de me donner un certain morceau à manger dont je suis friand, et que je vous demanderai lorsque j'en aurai envie, je vais vous prendre sur mes ailes et, malgré tous les monstres qui couvrent ce lac et qui gardent le château de cristal, je vous promets que nous retirerons la reine et la princesse Moufette.

Ah! cher dragon de mon âme! s'écria le roi, je vous jure, et à toute votre dragonienne espèce, que je vous donnerai à manger tant qu'il vous plaira et que je resterai à jamais votre petit serviteur!

Ne vous engagez pas, répliqua le dragon, si vous n'avez envie de me tenir parole, car il arriverait des malheurs si grands, que vous vous en souviendriez le reste de votre vie.

Le roi redoubla ses protestations; il mourait d'impatience de délivrer sa chère reine. Il monta sur le dos du dragon, comme il aurait fait sur le plus beau cheval du monde; en même temps les monstres vinrent audevant de lui pour l'arrêter au passage; ils se battent, l'on n'entend que le sifflement aigu des serpents, l'on ne voit que du feu, le soufre et le salpêtre tombent pêlemêle. Enfin le roi arrive au château; les efforts s'y renouvellent, chauvessouris, hiboux, corbeaux, tout lui en défend l'entrée; mais le dragon, avec ses griffes, ses dents et sa queue, mettait en pièces les plus hardis. La reine, de son côté, qui voyait cette grande bataille, casse ses murs à coups de pied, et des morceaux elle en fait des armes pour aider à son cher époux; ils furent enfin victorieux, ils se joignirent, et l'enchantement s'acheva par un coup de tonnerre qui tomba dans le lac et qui le tarit.

L'officieux dragon était disparu comme tout les autres, et sans que le roi put deviner par quel moyen il avait été transporté dans sa ville capitale; il s'y trouva avec la reine et Moufette, assis dans un salon magnifique, visàvis d'une table délicieusement servie. Il n'a jamais été un étonnement pareil au leur, ni une plus grande joie. Tous leurs sujets accoururent pour voir leur souveraine et la jeune princesse qui, par une suite du prodige, était si superbement vêtue, qu'on avait peine à soutenir l'éclat de ses pierreries.

Il est aisé d'imaginer que tous les plaisirs occupèrent cette belle cour: l'on y faisait des mascarades, des courses de bagues, des tournois qui attiraient les plus grands princes du monde, et les beaux yeux de Moufette les arrêtaient tous. Entre ceux qui parurent les mieux faits et les plus adroits, le prince Moufy emporta partout l'avantage; l'on n'entendait que des applaudissements; chacun l'admirait, et la jeune Moufette, qui avait été jusqu'alors avec les serpents et les dragons du lac, ne put s'empêcher de rendre justice au mérite de Moufy. Il ne se passait aucun jour sans qu'il fît des galanteries nouvelles pour lui plaire, car il l'aimait passionnément; et s'étant mis sur les rangs pour établir ses prétentions, il fit connaître au roi et à la reine que sa principauté était d'une beauté et d'une étendue qui méritaient bien une attention particulière.

Le roi lui dit que Moufette était maîtresse de se choisir un mari, et qu'il ne la voulait contraindre en rien; qu'il travaillât à lui plaire, que c'était l'unique moyen d'être heureux. Le prince fut ravi de cette réponse; il avait connu en plusieurs rencontres qu'il ne lui était pas indifférent, et s'en étant enfin expliqué avec elle, elle lui dit que s'il n'était pas son époux, elle n'en aurait jamais d'autre. Moufy, transporté de joie, se jeta à ses pieds; il la conjura dans les termes les plus tendres de se souvenir de la parole qu'elle lui donnait.

Il courut aussitôt dans l'appartement du roi et de la reine, il leur rendit compte des progrès que son amour avait faits sur Moufette, et les supplia de ne plus différer son bonheur. Ils y consentirent avec plaisir. Le prince Moufy avait de si grandes qualités qu'il semblait être seul digne de posséder la merveilleuse Moufette. Le roi voulut bien les fiancer avant qu'il retournât à Moufy, où il était obligé d'aller donner des ordres pour son mariage; mais il ne serait plutôt jamais parti que de s'en aller sans des assurances certaines d'être heureux à son retour. La princesse Moufette ne put lui dire adieu sans répandre beaucoup de larmes; elle avait je ne sais quels pressentiments qui l'affligeaient; et la reine, voyant le prince accablé de douleur, lui donna le portrait de sa fille, le priant, pour l'amour d'eux tous, que l'entrée qu'il allait ordonner ne fut pas si magnifique, afin qu'il tardât moins à revenir. Il lui dit:

Madame, je n'ai jamais tant pris de plaisir à vous obéir que j'en aurai dans cette occasion; mon coeur y est trop intéressé pour que je néglige ce qui peut me rendre heureux.

Il partit en poste, et la princesse Moufette, en attendant son retour, s'occupait de la musique et des instruments qu'elle avait appris à toucher depuis quelques mois, et dont elle s'acquittait merveilleusement bien. Un jour qu'elle était dans la chambre de la reine, le roi y entra le visage tout couvert de larmes, et prenant sa fille entre ses bras:

O mon enfant! s'écriatil, ô père infortuné! ô malheureux roi!

Il n'en put dire d'avantage: les soupirs coupèrent le fil de sa voix; la reine et la princesse épouvantées lui demandèrent ce qu'il avait; enfin il leur dit qu'il venait d'arriver un géant d'une grandeur démesurée, qui se disait ambassadeur du dragon du lac, lequel, suivant la promesse qu'il avait exigée du roi pour lui aider à combattre et à vaincre les monstres, venait demander la princesse Moufette, afin de la manger en pâté; qu'il s'était engagé par des serments épouvantables de lui donner tout ce qu'il voudrait, et en ce tempsla l'on ne savait pas manquer à sa parole.

La reine, entendant ces tristes nouvelles, poussa des cris affreux; elle serra la princesse entre ses bras:

L'on m'arrachera plutôt la vie, ditelle, que de me résoudre à livrer ma fille à ce monstre; qu'il prenne notre royaume et tout ce que nous possédons. Père dénaturé, pourriezvous donner les mains à une si grande barbarie? Quoi! mon enfant serait mis en pâté! Ah! je n'en peux soutenir la pensée: envoyezmoi ce barbare ambassadeur; peutêtre que mon affliction le touchera.

Le roi ne répliqua rien; il fut parler au géant, l'amena ensuite à la reine, qui se jeta à ses pieds. Elle et sa fille le conjurèrent d'avoir pitié d'elles, et de persuader au dragon de prendre tout ce qu'elles avaient et de sauver la vie à Moufette; mais il leur répondit que cela ne dépendait point du tout de lui, et que le dragon était trop opiniâtre et trop friand; que lorsqu'il avait en tête de manger quelque bon morceau, tous les dieux ensemble ne lui en ôteraient pas l'envie; qu'il leur conseillait en ami de faire la chose de bonne grâce, parce qu'il en pourrait arriver de plus grands malheurs. A ces mots la reine s'évanouit, et la princesse en aurait fait autant s'il n'eût fallu qu'elle secourût sa mère.

Ces tristes nouvelles furent à peine répandues dans le palais que toute la ville les sut; l'on n'entendait que des pleurs et des gémissements, car Moufette était adorée. Le roi ne pouvait se résoudre à la donner au géant; et le géant, qui avait déjà attendu plusieurs jours, commençait à se lasser et menaçait d'une manière terrible. Cependant le roi et la reine disaient:

Que nous peutil arriver de pis? Quand le dragon du lac viendrait nous dévorer, nous ne serions pas plus affligés; si l'on met notre Moufette en pâté, nous sommes perdus.

Làdessus le géant leur dit qu'il avait reçu des nouvelles de son maître, et que, si la princesse voulait épouser un neveu qu'il avait, il consentait à la laisser vivre; qu'au reste ce neveu était beau et bien fait, qu'il était prince, et qu'elle pourrait vivre fort contente avec lui.

Cette proposition adoucit un peu la douleur de Leurs Majestés. La reine parla à la princesse; mais elle la trouva beaucoup plus éloignée de ce mariage que de la mort.

Je ne suis point capable, lui ditelle, madame, de conserver ma vie par une infidélité; vous m'avez promise au prince Moufy, je ne serais jamais à d'autre: laissezmoi mourir, la fin de ma vie assurera le repos de la vôtre.

Le roi survint: il dit à sa fille tout ce que la plus forte tendresse peut faire imaginer; elle demeura ferme dans ses sentiments; et pour conclusion, il fut résolu de la conduire sur le haut d'une montagne où le dragon du lac la devait venir prendre.

L'on prépara tout pour ce triste sacrifice; jamais ceux d'Iphigénie et de Psyché n'ont été si lugubres: l'on ne voyait que des habits noirs, des visages pâles et consternés. Quatre cents jeunes filles de la première qualité s'habillèrent de longs habits blancs, et se couronnèrent de cyprès pour l'accompagner; on la portait dans une litière de velours noir découverte, afin que tout le monde vit ce chefd'oeuvre des dieux; ses cheveux étaient épars sur ses épaules, rattachés de crêpes, et la couronne qu'elle avait sur sa tête était de jasmin mêlé de soucis. Elle ne paraissait touchée que de la douleur du roi et de la reine, qui la suivaient accablés de la plus profonde tristesse. Le géant, armé de toutes pièces, marchait à côté de la litière où était la princesse, et la regardant d'un oeil avide, il semblait qu'il était assuré d'en manger sa part. L'air retentissait de soupirs et de sanglots; le chemin était inondé des larmes que l'on répandait.

Ah! grenouille, grenouille! s'écriait la reine, vous m'avez bien abandonnée! Hélas! pourquoi me donniezvous votre secours dans la sombre plaine, puisque vous me le déniez à présent? Que je serais heureuse d'être morte alors! je ne verrais pas aujourd'hui toutes mes espérances déçues! je ne verrais pas, disje, ma chère Moufette, sur le point d'être dévorée!

Pendant qu'elle faisait ces plaintes, l'on avançait toujours, quelque lentement qu'on marchât, et enfin l'on se trouva au haut de la fatale montagne. En ce lieu les cris et les regrets redoublèrent d'une telle force, qu'il n'a jamais été rien de si lamentable; le géant convia tout le monde de faire ses adieux et de se retirer. Il fallait bien le faire, car en ce tempslà on était fort simple, et on ne cherchait des remèdes à rien.

Le roi et la reine, s'étant éloignés, montèrent sur une autre montagne avec toute leur cour, parce qu'ils pouvaient voir de là ce qui allait arriver à la princesse; et en effet, ils ne restèrent pas longtemps sans apercevoir en l'air un dragon qui avait près d'une demilieue de long. Bien qu'il eût six grandes ailes, il ne pouvait presque voler tant son corps était pesant, tout couvert de grosses écailles bleues et de longs dards enflammés; sa queue faisait cinquante tours et demi; chacune de ses griffes était de la grandeur d'un moulin à vent, et l'on voyait dans sa gueule béante trois rangs de dents aussi longues que celles d'un éléphant.

Mais pendant qu'il s'avançait peu à peu, la chère et fidèle grenouille, montée sur un épervier, vola rapidement vers le prince Moufy. Elle avait son chaperon de roses, et quoiqu'il fût enfermé dans son cabinet, elle y entra sans clef.

Que faitesvous ici, amant infortuné? lui ditelle. Vous rêvez aux beautés de Moufette, qui est dans ce moment exposée à la plus rigoureuse catastrophe. Voici donc une feuille de rose: en soufflant dessus, j'en fais un cheval rare, comme vous allez voir.

Il parut aussitôt un cheval tout vert; il avait douze pieds et trois têtes: l'une jetait du feu, l'autre des bombes, et l'autre des boulets de canon. Elle lui donna une épée qui avait dixhuit aunes de long, et qui était plus légère qu'une plume; elle le revêtit d'un seul diamant, dans lequel il entra comme dans un habit; et bien qu'il fût plus dur qu'un rocher, il était si maniable qu'il ne le gênait en rien.

Partez, lui ditelle, courez, volez à la défense de ce que vous aimez; le cheval vert que je vous donne vous mènera où elle est; quand vous l'aurez délivrée, faiteslui entendre la part que j'y ai.

Généreuse fée, s'écria le prince, je ne puis à présent vous témoigner toute ma reconnaissance; mais je me déclare pour jamais votre esclave trèsfidèle.

Il monta sur le cheval aux trois têtes; aussitôt il se mit à galoper avec ses douze pieds, et faisait plus de diligence que trois des meilleurs chevaux, de sorte qu'il arriva en peu de temps au haut de la montagne, où il vit sa chère princesse toute seule et l'affreux dragon qui s'en approchait lentement. Le cheval vert se mit à jeter du feu, des bombes et des boulets de canon, qui ne surprirent pas médiocrement le monstre; il reçut vingt coups de ces boulets dans la gorge, qui entamèrent un peu les écailles, et les bombes lui crevèrent un oeil. Il devint furieux, et voulut se jeter sur le prince; mais l'épée de dixhuit aunes était d'une si bonne trempe, qu'il la maniait comme il voulait, la lui enfonçant quelquefois jusqu'à la garde, ou s'en servant comme d'un fouet. Le prince n'aurait pas laissé de sentir l'effort de ses griffes sans l'habit de diamant, qui était impénétrable.

Moufette l'avait reconnu de fort loin; car le diamant qui le couvrait était fort brillant et clair, de sorte qu'elle fut saisie de la plus mortelle appréhension dont une femme puisse être capable; mais le roi et la reine commencèrent à sentir dans leur coeur quelques rayons d'espérance; car il était fort extraordinaire de voir un cheval à trois têtes, à douze pieds, qui jetait feu et flamme, et un prince dans un étui de diamant, armé d'une épée formidable, venir dans un moment si nécessaire, et combattre avec tant de valeur. Le roi mit son chapeau sur sa canne, et la reine attacha son mouchoir au bout d'un bâton, pour faire des signes au prince et l'encourager. Toute leur suite en fit autant. En vérité, il n'en avait pas besoin, son coeur tout seul, et le péril où il voyait sa maîtresse, suffisaient pour l'animer.

Quels efforts ne fitil point! la terre était couverte des dards, des griffes, des cornes, des ailes et des écailles du dragon, son sang coulait par mille endroits, il était tout bleu, et celui du cheval était tout vert; ce qui faisait une nuance singulière sur la terre. Le prince tomba cinq fois, il se releva toujours; il prenait son temps pour remonter sur son cheval, et puis c'étaient des canonnades et des feux grégeois qui n'ont jamais rien eu de semblable. Enfin le dragon perdit ses forces, il tomba, et le prince lui donna un coup dans le ventre qui lui fit une épouvantable blessure; mais ce qu'on aura peine à croire, et qui est pourtant aussi vrai que le reste du conte, c'est qu'il sortit par cette large blessure un prince le plus beau et le plus charmant que l'on ait jamais vu; son habit était de velours bleu à fond d'or, tout brodé de perles; il avait sur la tête un petit morion à la grecque ombragé de plumes blanches. Il accourut les bras ouverts, et embrassant le prince Moufy:

Que ne vous doisje pas, mon généreux libérateur! lui ditil; vous qui venez me délivrer de la plus affreuse prison où jamais un souverain puisse être renfermé: j'y avais été condamné par la fée Lionne; il y a seize ans que j'y languis; et son pouvoir était tel, que malgré ma propre volonté, elle me forçait à dévorer cette adorable princesse: mettezmoi à ses pieds pour que je lui explique mon malheur.

Le prince Moufy, surpris et charmé d'une aventure si étonnante, ne voulut céder en rien aux civilités de ce prince; ils se hâtèrent de joindre la belle Moufette, qui rendait de son côté mille grâces aux dieux pour un bonheur si inespéré. Le roi, la reine, et toute la cour étaient déjà auprès d'elle; chacun parlait à la fois, personne ne s'entendait; l'on pleurait presque autant de joie que l'on avait pleuré de douleur. Enfin, pour que rien ne manquât à la fête, la bonne grenouille parut en l'air montée sur un épervier qui avait des sonnettes d'or aux pieds. Lorsque l'on entendit drelin dindin, chacun leva les yeux; l'on vit briller le chaperon de roses comme un soleil, et la grenouille était aussi belle que l'aurore. La reine s'avança vers elle et la prit par une de ses petites pattes; aussitôt la sage grenouille se métamorphosa, et parut comme une grande reine; son visage était la plus agréable du monde.

Je viens, s'écriatelle, pour couronner la fidélité de la princesse Moufette; elle a mieux aimé exposer sa vie que de changer; cet exemple est rare dans le siècle où nous sommes; mais il le sera bien davantage dans les siècles à venir.

Elle prit aussitôt deux couronnes de myrte qu'elle mit sur la tête des deux amants qui s'aimaient; et frappant trois coups de sa baguette, l'on vit que tous les os du dragon s'élevèrent pour former un arc de triomphe en mémoire de la grande aventure qui venait de se passer.

Ensuite cette belle et nombreuse troupe s'achemina vers la ville, chantant hymen et hyménée avec autant de gaieté qu'ils avaient célébré tristement le sacrifice de la princesse. Ses noces ne furent différées que jusqu'au lendemain; il est aisé de juger de la joie qui les accompagna.

LES TROIS SOUHAITS.

Il y avait une fois un homme qui n'était pas fort riche; il se maria, et épousa une jolie femme. Un soir, en hiver, qu'ils étaient auprès de leur feu, ils s'entretenaient du bonheur de leurs voisins, qui étaient plus riches qu'eux.

Oh! si j'étais la maîtresse d'avoir tout ce que je souhaiterais, dit la femme, je serais bientôt plus heureuse que tous ces genslà.

Et moi aussi, dit le mari, je voudrais être au temps des fées, et qu'il s'en trouvât une assez bonne pour m'accorder tout ce que je désirerais; mais malheureusement ces tempslà sont passés, et nous resterons pauvres toute notre vie.

Au même instant ils virent dans leur chambre une trèsbelle dame, qui leur dit:

Je suis une fée, je vous promets de vous accorder les trois premières choses que vous souhaiterez; mais, prenezy garde, après avoir souhaité ces trois choses, je ne vous accorderai plus rien.

La fée ayant disparu, cet homme et cette femme furent trèsembarrassés.

Pour moi, dit la femme, si je suis la maîtresse, je sais bien ce que je souhaiterai. Je ne souhaite pas encore; mais il me semble qu'il n'y a rien de si bon que d'être belle, riche et de qualité.

Mais, répondit le mari, avec ces choses on peut être malade, chagrin; on peut mourir jeune: il serait plus sage de souhaiter de la santé, de la joie et une longue vie.

Et à quoi servirait une longue vie, si l'on était pauvre? dit la femme; cela ne servirait qu'à être malheureux plus longtemps. En vérité, la fée aurait dû nous promettre de nous accorder une douzaine de dons; car il y a au moins une douzaine de choses dont j'aurais besoin.

Cela est vrai, dit le mari; mais prenons du temps. Examinons d'ici à demain matin les trois choses qui nous sont le plus nécessaires, et nous les demanderons ensuite.

J'y veux penser toute la nuit, dit la femme. En attendant, chauffonsnous; car il fait froid.

En même temps, la femme prit les pincettes et raccommoda le feu; et comme elle vit qu'il y avait beaucoup de charbons bien allumés, elle dit sans y penser:

Voilà un bon feu; je voudrais avoir une aune de boudin pour notre souper, nous pourrions le faire cuire bien aisément.

[Note:
The last page of LES TROIS SOUHAITS and the first page of BELLOTTE ET LAIDERONNETTE are missing.
La dernière page de LES TROIS SOUHAITS et la première page de BELLOTTE ET LAIDERONNETTE manquent.]

*mença donc à souhaiter de ne plus sortir, et un jour qu'elles étaient priées à une assemblée qui devait finir par un bal, elle dit à sa mère qu'elle avait mal à la tête, et qu'elle souhaitait de rester à la maison. Elle s'y ennuya d'abord à mourir, et, pour passer le temps, elle fut à la bibliothèque de sa mère pour chercher un roman, et fut bien fâchée de ce que sa soeur en avait emporté la clef. Son père avait aussi une bibliothèque; mais c'étaient des livres sérieux, et elle les haïssait beaucoup. Elle fut pourtant forcée d'en prendre un: c'était un recueil de lettres, et en ouvrant le livre elle trouva celle que je vais vous rapporter.

"Vous me demandez d'où vient que la plus grande partie des belles personnes sont extrêmement sottes; je crois pouvoir vous en dire la raison. Ce n'est pas qu'elles aient moins d'esprit que les autres en venant au monde, mais c'est qu'elles négligent de le cultiver. Toutes les femmes ont de la vanité, et elles veulent plaire. Une laide connaît qu'elle ne peutêtre aimée à cause de son visage; cela lui donne la pensée de se distinguer par son esprit. Elle étudie donc beaucoup, et elle parvient à devenir aimable malgré la nature. La belle, au contraire, n'a qu'à se montrer pour plaire; sa vanité est satisfaite; comme elle ne réfléchit jamais, elle ne pense pas que sa beauté n'aura qu'un temps; d'ailleurs elle est si occupée de sa parure, du soin de courir les assemblées pour se montrer, pour recevoir des louanges, qu'elle n'aurait pas le temps de cultiver son esprit, quand même elle en connaîtrait la nécessité. Elle devient donc une sotte, tout occupée de puérilités, de chiffons, de spectacle: cela dure jusqu'à trente ans, quarante ans au plus, pourvu que la petite vérole, ou quelque autre maladie, ne vienne pas déranger sa beauté plus tôt. Mais quand on n'est plus jeune, on ne peut plus rien apprendre: ainsi cette belle fille, qui ne l'est plus, reste une sotte pour toute sa vie, quoique la nature lui ait donné autant d'esprit qu'à une autre: au lieu que la laide, qui est devenue fort aimable, se moque des maladies et de la vieillesse, qui ne peuvent rien lui ôter."

Laideronnette, après avoir lu cette lettre, qui semblait avoir été écrite pour elle, résolut de profiter des vérités qu'elle lui avait découvertes. Elle redemande ses maîtres, s'applique à la lecture, fait de bonnes réflexions sur ce qu'elle lit, et en peu de temps devient une fille de mérite. Quand elle était obligée de suivre sa mère dans les compagnies, elle se mettait toujours à côté des personnes en qui elle remarquait de l'esprit et de la raison: elle leur faisait des questions, et retenait toutes les bonnes choses qu'elle leur entendait dire, et à dixsept ans elle parlait et écrivait si bien, que toutes les personnes de mérite se faisaient un plaisir de la connaître. Les deux soeurs se marièrent le même jour. Bellotte épousa un jeune prince qui était charmant et qui n'avait que vingtdeux ans. Laideronnette épousa le ministre de ce prince; c'était un homme de quarantecinq ans. Il avait reconnu l'esprit de cette fille, et il l'estimait beaucoup. Bellotte fut fort heureuse pendant trois mois, mais au bout de ce temps, son mari commença à s'accoutumer à sa beauté, et à penser qu'il ne fallait pas renoncer à tout pour sa femme. Il fut à la chasse, et fit d'autres parties de plaisir dont elle n'était pas, ce qui parut fort extraordinaire à Bellotte, car elle s'était persuadée que son mari l'aimerait toujours, et elle se crut la plus malheureuse personne du monde quand elle vit que son amour diminuait. Elle lui en fit des plaintes: il se fâcha; ils se raccommodèrent; mais comme ces plaintes recommençaient tous les jours, le prince se fatigua de l'entendre; en sorte qu'à la fin son mari, qui n'aimait en elle que sa beauté, ne l'aima plus du tout. Le chagrin qu'elle en conçut acheva de gâter son visage, et comme elle ne savait rien, sa conversation était fort ennuyeuse. Les jeunes gens s'ennuyaient avec elle parce qu'elle était triste, les personnes plus âgées et qui avaient du bon sens s'ennuyaient avec elle parce qu'elle était sotte; en sorte qu'elle restait seule presque toute la journée. Ce qui augmentait son désespoir, c'est que sa soeur Laideronnette était la plus heureuse personne du monde. Son mari la consultait sur ses affaires, et lui confiait tout ce qu'il pensait; il se conduisait par ses conseils, et disait partout que sa femme était la meilleure amie qu'il eût au monde. Le prince même, qui était un homme d'esprit, se plaisait dans la conversation de sa bellesoeur, et disait qu'il n'y avait pas moyen de rester une demiheure sans bâiller avec Bellotte, parce qu'elle ne savait parler que coiffures et ajustements, en quoi il ne connaissait rien. Son dégoût pour sa femme devint tel, qu'il l'envoya à la campagne, où elle eut le temps de s'ennuyer tout à son aise, et où elle serait morte de chagrin si sa soeur Laideronnette n'avait pas eu la charité de l'aller voir le plus souvent qu'elle pouvait. Un jour qu'elle tâchait de la consoler, Bellotte lui dit:

Mais, ma soeur, d'où vient donc la différence qu'il y a entre vous et moi? Je ne puis m'empêcher de voir que vous avez beaucoup d'esprit, et que je ne suis qu'une sotte; cependant, lorsque nous étions jeunes, on disait que j'en avais pour le moins autant que vous.

Laideronnette alors raconta son aventure à sa soeur, et lui dit:

Vous êtes trèsfâchée contre votre mari, parce qu'il vous a envoyée à la campagne, et cependant cette chose que vous regardez comme le plus grand malheur de votre vie peut faire votre bonheur, si vous le voulez. Vous n'avez pas encore dixneuf ans, ce serait trop tard pour vous appliquer si vous étiez dans la dissipation de la ville; mais la solitude dans laquelle vous vivez vous laisse tout le temps nécessaire pour cultiver votre esprit. Vous n'en manquez pas, ma chère soeur, mais il faut l'orner par la lecture et les réflexions.

Bellotte trouva d'abord beaucoup de difficultés à suivre les conseils de sa soeur, par l'habitude qu'elle avait contractée de perdre son temps en niaiseries: enfin, à force de se gêner, elle y réussit, et fit des progrès surprenants dans toutes les sciences; et comme la philosophie la consolait de ses malheurs, elle reprit son embonpoint, et devint plus belle qu'elle n'avait jamais été; mais elle ne s'en souciait plus du tout, et ne daignait pas même se regarder dans le miroir. Cependant, son mari avait fait casser son mariage Ce dernier malheur pensa l'accabler, car elle aimait tendrement son mari; mais sa soeur Laideronnette vint à bout de la consoler.

Ne vous affligez pas, lui ditelle; je sais le moyen de vous rendre votre mari; suivez seulement mes conseils, et ne vous embarrassez de rien.

Comme le prince avait eu un fils de Bellotte, qui devait être son héritier, il ne se pressa point de prendre une autre femme, et ne pensa qu'à se bien divertir. Il goûtait extrêmement la conversation de Laideronnette, et il lui disait quelquefois qu'il ne se marierait jamais, à moins qu'il ne trouvât une femme qui eût autant d'esprit qu'elle.

Mais si elle était aussi laide que moi? réponditelle en riant.

En vérité, madame, lui dit le prince, cela ne m'arrêterait pas un moment: on s'accoutume à un laid visage; le vôtre ne me paraît plus choquant, par l'habitude que j'ai de vous voir. Quand vous parlez, il ne s'en faut de rien que je ne vous trouve jolie: et puis, à vous dire la vérité, Bellotte m'a dégoûté des belles: toutes les fois que j'en rencontre une, je n'ose lui parler, dans la crainte qu'elle ne me réponde une sottise.

Cependant le temps du carnaval arriva, et le prince crut qu'il se divertirait beaucoup s'il pouvait courir le bal sans être connu de personne. Il ne le confia qu'à Laideronnette, et la pria de se masquer avec lui; car, comme elle était sa bellesoeur, personne ne pouvait y trouver à redire, et quand on l'aurait su, cela n'aurait pu nuire à sa réputation. Cependant Laideronnette en demanda la permission à son mari, qui y consentit d'autant plus volontiers qu'il avait luimême mis cette fantaisie en tête au prince pour faire réussir le dessein qu'il avait de le réconcilier avec Bellotte. Il écrivit à cette princesse abandonnée, de concert avec son épouse, qui marqua en même temps à sa soeur comment le prince devait être habillé.

Dans le milieu du bal, Bellotte vint s'asseoir entre son mari et sa soeur, et commença une conversation extrêmement agréable avec eux. D'abord, le prince crut reconnaître la voix de sa femme; mais elle n'eut pas parlé une demiheure, qu'il perdit le soupçon qu'il avait eu au commencement. Le reste de la nuit passa si vite, à ce qu'il lui sembla, qu'il se frotta les yeux quand le jour parut, croyant rêver, et demeura charmé de l'esprit de l'inconnue, qu'il ne put jamais engager à se démasquer: tout ce qu'il en put obtenir, c'est qu'elle reviendrait au premier bal avec le même habit. Le prince s'y trouva le premier, et quoique l'inconnue y arrivât un quart d'heure après lui, il l'accusa de paresse, et lui jura qu'il s'était beaucoup impatienté. Il fut encore plus charmé de l'inconnue cette seconde fois que la première, et avoua à Laideronnette qu'il était fou de cette personne.

J'avoue qu'elle a beaucoup d'esprit, lui répondit sa confidente; mais si vous voulez que je vous dise mon sentiment, je soupçonne qu'elle est encore plus laide que moi. Elle connaît que vous l'aimez, et craint de perdre votre coeur quand vous verrez son visage.

Ah! madame, dit le prince, que ne peutelle lire dans mon âme! L'amour qu'elle m'a inspiré est indépendant de ses traits. J'admire les lumières, l'étendue de ses connaissances, la supériorité de son esprit, et la bonté de son coeur.

Comment pouvezvous juger de la bonté de son coeur? lui dit Laideronnette.

Je vais vous le dire, reprit le prince. Quand je lui ai fait remarquer de belles femmes, elle les a louées de bonne foi, et elle m'a fait remarquer avec adresse des beautés qu'elles avaient et qui échappaient à ma vue. Quand j'ai voulu, pour l'éprouver, lui conter les mauvaises histoires qu'on mettait sur le compte de ces femmes, elle a détourné adroitement le discours, ou bien elle m'a interrompu pour me raconter quelque belle action de ces personnes: et enfin, quand j'ai voulu continuer, elle m'a fermé la bouche en disant qu'elle ne pouvait souffrir la médisance. Vous voyez bien, madame, qu'une femme qui n'est point jalouse de celles qui sont belles, une femme qui prend plaisir à dire du bien du prochain, une femme qui ne peut souffrir la médisance, doit être d'un excellent caractère, et ne peut manquer d'avoir un bon coeur. Que me manqueratil pour être heureux avec une telle femme, quand même elle serait aussi laide que vous le pensez? Je suis donc résolu à lui déclarer mon nom, et à lui offrir de partager ma puissance.

Effectivement, dans le premier bal, le prince apprit sa qualité à l'inconnue, et lui dit qu'il n'y avait point de bonheur à espérer pour lui s'il n'obtenait pas sa main; mais, malgré ces offres, Bellotte s'obstina à demeurer masquée, ainsi qu'elle en était convenue avec sa soeur. Voilà le prince dans une inquiétude épouvantable. Il pensait, comme Laideronnette, que cette personne si spirituelle devait être un monstre, puisqu'elle avait tant de répugnance à se laisser voir; mais, quoiqu'il se la peignît de la manière du monde la plus désagréable, cela ne diminuait point l'attachement, l'estime et le respect qu'il avait conçus pour son esprit et pour sa vertu. Il fut tout près de tomber malade de chagrin lorsque l'inconnue lui dit:

Je vous aime, mon prince, et je ne chercherai point à vous le cacher: mais, plus mon amour est grand, plus je crains de vous perdre quand vous me connaîtrez. Vous vous figurez peutêtre que j'ai de grands yeux, une petite bouche, de belles dents, un teint de lis et de roses: si par aventure j'allais me trouver avec des yeux louches, une grande bouche, un nez camard, vous me prieriez bien vite de remettre mon masque. D'ailleurs, quand je ne serais pas si horrible, je sais que vous êtes inconstant: vous avez aimé Bellotte à la folie; et cependant vous l'avez abandonnée.

Ah! madame, lui dit le prince soyez mon juge: j'étais jeune quand j'épousai Bellotte, et je vous avoue que je ne m'étais jamais occupé qu'à la regarder, et point à l'écouter: mais lorsque je fus son mari, et que l'habitude de la voir eut dissipé mon illusion, imaginezvous si ma situation dut être bien agréable. Quand je me trouvais seul avec ma femme, elle me parlait d'une robe nouvelle qu'elle devait mettre le lendemain, des souliers de celleci, des diamants de cellelà. S'il se trouvait à ma table une personne d'esprit, et que l'on voulût parler de quelque chose de raisonnable, Bellotte commençait par bâiller et finissait par s'endormir. Je voulus essayer de l'engager à s'instruire, cela l'impatienta: elle était si ignorante qu'elle me faisait trembler et rougir toutes les fois qu'elle ouvrait la bouche. Encore s'il m'avait été permis de me désennuyer d'un autre côté, j'aurais eu patience; mais ce n'était pas là son compte; elle eût voulu que le sot amour qu'elle m'avait inspiré eut duré toute ma vie et m'eût rendu son esclave. Vous voyez bien qu'elle m'a mis dans la nécessité de faire casser mon mariage.

J'avoue que vous étiez à plaindre, lui répondit l'inconnue; mais tout ce que vous dites ne me rassure point. Vous dites que vous m'aimez; voyez si vous serez assez hardi pour m'épouser aux yeux de tous vos sujets sans m'avoir vue.

Je suis le plus heureux de tous les hommes, puisque vous ne demandez que cela, répondit le prince; venez dans mon palais avec Laideronnette, et demain, dès le matin, je ferai assembler mon conseil pour vous épouser à ses yeux.

Le reste de la nuit parut bien long au prince; et avant de quitter le bal, s'étant démasqué, il ordonna à tous les seigneurs de la cour de se rendre dans son palais, et fit avertir ses ministres. Ce fut en leur présence qu'il raconta ce qui lui était arrivé avec l'inconnue; et, après avoir fini son discours, il jura de n'avoir jamais d'autre épouse qu'elle, telle que pût être sa figure. Il n'y eut personne qui ne crût comme le prince que celle qu'il épousait ainsi ne fût horrible à voir. Quelle fut la surprise de tous les assistants lorsque Bellotte, s'étant démasquée, leur fit voir la plus belle personne qu'on pût imaginer! Ce qu'il y eut de plus singulier, c'est que le prince ni les autres ne la reconnurent pas d'abord, tant le repos et la solitude l'avaient embellie; on se disait seulement tout bas que l'autre princesse lui ressemblait en laid. Le prince, extasié d'être trompé si agréablement, ne pouvait parler; mais Laideronnette rompit le silence pour féliciter sa soeur du retour de la tendresse de son époux.

Quoi! s'écria le roi, cette charmante et spirituelle personne est Bellotte? Par quel enchantement atelle joint aux charmes de sa figure ceux de l'esprit et du caractère qui lui manquaient absolument? Quelque fée favorable atelle fait ce miracle en sa faveur?

Il n'y à point de miracle, reprit Bellotte; j'avais négligé de cultiver les dons de la nature; mes malheurs, la solitude et les conseils de ma soeur m'ont ouvert les yeux et m'ont engagée à acquérir des grâces à l'épreuve du temps et des maladies.

Et ces grâces m'ont inspiré un attachement à l'épreuve de l'inconstance, lui dit le prince en l'embrassant. Effectivement il l'aima toute sa vie avec une fidélité qui lui fit oublier ses malheurs passés.

LE PÊCHEUR ET LE VOYAGEUR.

Il y avait une fois un homme qui n'avait pour tout bien qu'une pauvre cabane sur le bord d'une petite rivière: il gagnait sa vie à pêcher du poisson, mais comme il y en avait peu dans cette rivière, il ne gagnait pas grand'chose, et ne vivait guère que de pain et d'eau. Cependant il était content dans sa pauvreté, parce qu'il ne souhaitait rien que ce qu'il avait. Un jour il lui prit fantaisie de voir la ville, et il résolut d'y aller le lendemain. Comme il pensait à faire ce voyage, il rencontra un voyageur qui lui demanda s'il y avait bien loin jusqu'à un village pour trouver une maison où il pût coucher.

Il y a douze milles, répondit le pécheur, et il est bien tard; si vous voulez passer la nuit dans ma cabane, je vous l'offre de bon coeur.

Le voyageur accepta sa proposition, et le pêcheur, qui voulait le régaler, alluma du feu pour faire cuire quelques petits poissons. Pendant qu'il apprêtait le souper, il riait, il chantait et paraissait de fort bonne humeur.

Que vous êtes heureux, lui dit son hôte, de pouvoir vous divertir! Je donnerais tout ce que je possède au monde pour être aussi gai que vous.

Eh! qui vous en empêche? dit le pêcheur. Ma joie ne me coûte rien, et je n'ai jamais eu sujet d'être triste. Estce que vous avez quelque grand chagrin qui ne vous permet pas de vous réjouir?

Hélas! reprit le voyageur, tout le monde me croit le plus heureux des hommes. J'étais marchand et je gagnais de grands biens, mais je n'avais pas un moment de repos. Je craignais toujours qu'on me fît banqueroute, que mes marchandises se gâtassent, que les vaisseaux que j'avais sur la mer fissent naufrage; aussi j'ai quitté le commerce pour essayer d'être plus tranquille, et j'ai acheté une charge chez le roi. D'abord j'ai eu le bonheur de plaire au prince; je suis devenu son favori, et je croyais que j'allais être content; mais j'ai connu bientôt que j'étais plutôt l'esclave du prince que son favori. Il fallait renoncer à tout moment à mes inclinations pour suivre les siennes. Il aimait la chasse, et moi le repos: cependant j'étais obligé de courir avec lui les bois toute la journée; je revenais au palais bien fatigué, et avec une grande envie de me coucher. Point du tout, une grande dame donnait un bal, un festin, elle me faisait l'honneur de m'y inviter pour faire sa cour au roi; j'y allais en enrageant; mais l'amitié du prince me consolait un peu. Il y a environ quinze jours qu'il s'est avisé de parler d'un air d'amitié à un des seigneurs de sa cour, il lui à donné deux commissions, et a dit qu'il le croyait un fort honnête homme. Dès ce moment j'ai bien vu que j'étais perdu, et j'ai passé plusieurs nuits sans dormir.

Mais, dit le pêcheur en interrompant son hôte, estce que le roi vous faisait mauvais visage et ne vous aimait plus?

Pardonnezmoi, répondit cet homme, le roi me faisait plus d'amitié qu'à l'ordinaire, mais pensez donc qu'il ne m'aimait plus tout seul, et que tout le monde disait que ce seigneur allait devenir un second favori. Vous sentez bien que cela est insupportable; aussi aije manqué en mourir de chagrin. Je me retirai hier au soir dans ma chambre, tout triste, et quand je fus seul, je me mis à pleurer. Tout d'un coup je vis un homme de haute stature, d'une physionomie fort agréable, qui me dit: "Azaël, j'ai pitié de ta misère: veuxtu devenir tranquille? renonce à l'amour des richesses et au désir des honneurs.Hélas! seigneur, aije dit à cet homme, je le souhaiterais de tout mon coeur, mais comment y réussir?Quitte la cour, m'atil dit, et marche pendant deux jours par le premier chemin qui s'offrira à ta vue; la folie d'un homme te prépare un spectacle capable de te guérir pour jamais de l'ambition. Quand tu auras marché pendant deux jours, reviens sur tes pas, et je crois fermement qu'il ne tiendra qu'à toi de vivre gai et tranquille." J'ai déjà marché un jour entier pour obéir à cet homme, et je marcherai encore demain; mais j'ai bien de la peine à espérer le repos qu'il a promis.

Le pêcheur ayant écouté cette histoire, ne put s'empêcher d'admirer la folie de cet ambitieux qui faisait dépendre son bonheur des regards et des paroles du prince.

Je serai charmé de vous revoir et d'apprendre votre guérison, ditil au voyageur. Achevez votre voyage, et dans deux jours revenez dans ma cabane. Je vais voyager aussi: je n'ai jamais été à la ville, et je m'imagine que je me divertirai beaucoup de tous les fracas qu'il doit y avoir.

Vous avez là une mauvaise pensée, dit le voyageur, puisque vous êtes heureux à présent, pourquoi cherchezvous à vous rendre misérable? Votre cabane vous paraît suffisante aujourd'hui; mais quand vous aurez vu les palais des grands, elle vous paraîtra bien petite et bien chétive. Vous êtes content de votre habit parce qu'il vous couvre, mais il vous fera mal au coeur quand vous aurez examiné les superbes vêtements des riches.

Monsieur, dit le pêcheur à son hôte, vous parlez comme un livre; servezvous de ces belles raisons pour apprendre à ne pas vous fâcher quand on regarde les autres ou qu'on leur parle. Le monde est plein de ces gens qui conseillent les autres pendant qu'ils ne peuvent se gouverner euxmêmes.

Le voyageur ne répliqua rien, parce qu'il n'est pas honnête de contredire les gens dans leur maison, et le lendemain il continua son voyage pendant que le pêcheur commençait le sien. Au bout de deux jours, le voyageur Azaël, qui n'avait rien rencontré d'extraordinaire, revint à la cabane; il trouva le pêcheur assis devant sa porte, la tête appuyée dans sa main et les yeux fixés contre terre.

A quoi pensezvous? lui demanda Azaël.

Je pense que je suis fort malheureux, répondit le pêcheur. Qu'estce que j'ai fait à Dieu pour m'avoir rendu si pauvre, pendant qu'il y a une grande quantité d'hommes si riches et si contents?

Dans ce moment, l'homme qui avait commandé à Azaël de marcher pendant deux jours, et qui était un ange, parut.

Pourquoi n'astu pas suivi les conseils d'Azaël? ditil au pêcheur. La vue des magnificences de la ville a fait naître chez toi l'avarice et l'ambition; elles en ont chassé la joie et la paix. Modère tes désirs, et tu recouvreras ces précieux avantages.

Cela vous est bien aisé à dire, reprit le pêcheur; mais cela ne m'est pas possible, et je sens que je serai toujours malheureux, à moins qu'il ne plaise à Dieu de changer ma situation.

Ce serait pour ta perte, lui dit l'ange. Croismoi, ne souhaite que ce que tu as.

Vous avez beau parler, reprit le pêcheur, vous ne m'empêcherez pas de souhaiter une autre situation.

Dieu exauce quelquefois les voeux de l'ambitieux, répondit l'ange, mais c'est dans sa colère et pour le punir.

Eh! que vous importe? dit le pêcheur. S'il ne tenait qu'à souhaiter, je ne m'embarrasserais guère de vos menaces.

Puisque tu veux te perdre, dit l'ange, j'y consens. Tu peux souhaiter trois choses, Dieu te les accordera.

Le pêcheur, transporté de joie, souhaita que sa cabane fût changée en un palais magnifique, et aussitôt son souhait fut accompli. Le pêcheur, après avoir admiré ce palais, souhaita que la petite rivière qui était devant sa porte, fût changée en une grande mer; et aussitôt son souhait fut accompli. Il lui en restait un troisième à faire: il y rêva quelque temps, et ensuite il souhaita que sa petite barque fut changée en un vaisseau superbe chargé d'or et de diamants. Aussitôt qu'il vit le vaisseau, il y courut pour admirer les richesses dont il était devenu le maître; mais à peine y futil entré, qu'il s'éleva un grand orage. Le pêcheur voulut revenir au rivage et descendre à terre, mais il n'y avait pas moyen. Ce fut alors qu'il maudit son ambition: regrets inutiles, la mer l'engloutit avec toutes ses richesses. Et l'ange dit à Azaël:

Que cet exemple te rende sage. La fin de cet homme est presque toujours celle de l'ambitieux. La cour où tu vis présentement est une mer fameuse par les naufrages et les tempêtes; pendant que tu le peux encore, gagne le rivage; tu le souhaiteras un jour, sans pouvoir y parvenir.

Azaël, effrayé, promit d'obéir à l'ange et lui tint parole. Il quitta la cour et vint demeurer à la campagne, où il se maria avec une fille qui avait plus de vertu que de beauté et de fortune. Au lieu de chercher à augmenter ses grandes richesses, il ne s'appliqua plus qu'à en jouir avec modération et à en distribuer le superflu aux pauvres. Il se vit alors heureux et content, et il ne passa aucun jour sans remercier Dieu de l'avoir guéri de l'avarice et de l'ambition, qui avaient jusqu'alors empoisonné tout le bonheur de sa vie.

LE CHIEN RECONNAISSANT.

Julie est la meilleure fille du monde. Elle n'a jamais fait de mal à personne, pas même aux bêtes, et elle est fâchée quand elle voit tuer une mouche. Un jour qu'elle se promenait, elle vit un pauvre chien que des petite garçons traînaient avec une corde pour le jeter dans la rivière. Ce pauvre chien était trèslaid et tout crotté. Julie en eut pitié, et dit à ces petits garçons:

Je vous donnerai dix sous si vous voulez me donner ce chien.

Sa femme de chambre lui dit:

Que voulezvous faire de ce vilain chien?

Il est vilain, dit Julie, mais il est malheureux; si je l'abandonne, personne n'en aura pitié.

Elle fit laver ce chien, et le prit dans sa voiture. Tout le monde se moqua d'elle quand elle revint à la maison; mais cela ne l'a pas empêchée de garder cette pauvre bête depuis trois ans. Il y a huit jours qu'elle était couchée et qu'elle commençait à s'endormir, lorsque son chien à sauté sur son lit et s'est mis à la tirer par sa manche; il aboyait si fort qu'elle s'est éveillée; et comme elle avait une lampe dans sa chambre, elle vit son chien qui aboyait en regardant sous son lit. Julie, ayant peur, courut ouvrir sa porte et appela les domestiques, qui, par bonheur, n'étaient pas encore couchés. Ils vinrent à sa chambre, et trouvèrent un voleur armé d'un poignard caché sous le lit; et ce voleur a dit qu'il devait tuer cette demoiselle pendant la nuit pour prendre ses diamants. Ainsi ce pauvre chien lui a sauvé la vie.

FIN